체리새우 : 비밀글입니다

체리새우 : 비밀글입니다

황영미 장편소설

문학동네

차 례

반 배정 개꿀꿀   007

5분 대기조   019

이상한 대화   034

나의 변호사   047

밉상 지수   057

켜켜이 쌓인 것   071

안아주세요   083

혼자가 되는 것보다   098

오해   117

어떤 생일 파티   128

이제 그만!   143

체리새우 껍질을 벗다   164

낯선 거리에서   175

나무들처럼   185

작가의 말   197

반 배정 개꿀꿀

'봤지? 지금 나 봤지? 어떡해! 나 어쩌면 좋아!'

나는 아람이와 병희를 번갈아 쳐다보며 양손 검지로 엑스 자를 지어 보였다. 온몸으로 전하는 내 말을 알아들은 걸까? 뒤돌아 나를 보던 아람이와 병희의 표정이 묘했다. 동정하는 건지 어떤지 알 수 없어 불안했다. 자이로드롭을 탄 것처럼 심장이 쿵 내려앉았다.

언제나 그랬듯 새 학년을 앞두고 걱정이 많았다. 나는 불안감이 좀 많은 편이다. 안 해 본 짓이 없었다. 기도? 당연히 했다.

저는 혈액형이 O형인데요, 성격은 완전 트리플 A형이거든요. 아시죠? 얼마나 예민하고 상처받기 쉬운 성격인지. 반 배정 폭탄 맞으면 저 죽어요. 제발 살려 주세요.

기도하는 방법은 모르지만 간절한 마음을 담아 블로그에 썼
다. 세상의 신들은 나의 기도를 일부 들어주었다. 종업식하는 날
확인했다. 미소와 설아는 각자 다른 반이 되었지만, 나와 병희,
아람이는 반이 같았다. 우리 다섯 모두 한 반이면 좋았겠지만 어
쩌겠는가. 반 편성을 우리 마음대로 할 수 있는 것도 아니고. 그
래도 아람이, 병희와 처음으로 같은 반이 된 건 행운이다.

지난주부터는 커뮤니티마다 반 배정 관련 글이 많이 올라왔
다. 며칠 전 베스트에 올라간 글이다.

지금부터 날 따라 해 봐. 반 배정 개꿀꿀! 적고 가라. 다들 반 배정 대박 나
자!

작년 주문은 '헷꿀꿀'이었는데, 올해는 '개꿀꿀'로 바뀌었다. 여
기에 200개가 넘는 댓글이 달렸다. 나도 그 글에 추천을 눌렀다.
조심스럽게, 정성을 다해 댓글도 달았다.

└ 반 배정 개꿀꿀! 대박 나기를!

혹시 몰라서 어젯밤에 댓글을 하나 더 달았다.

└ 반 배정 헷꿀꿀!

아람이, 병희랑 같은 반이 된 것만 해도 고마운 일이지만 기도
가 더 필요했다. 세상이 그렇게 만만한 게 아니다. 완전 이상한 담
임이 걸릴지도 모르고, 내가 엄청 싫어하는 애들이 우리 반에 우
르르 몰려올 수도 있으니까. 자칫하면 1년 내내 납작 엎드려 살
아야 할지도 모른다.

"자! 짝하고 인사부터 나누자."
담임이 말했다. 기도의 효험인지 담임은 괜찮은 분을 만났다.
작년에도 2학년 국어를 맡았는데, 선배들이 좋은 선생님이라고
했다.
"안녕."
짝이 말했다.
"……안녕."
나도 말했다. 짝과 눈이 마주쳤다. 또 한 번 가슴이 쿵 내려앉
았다.
아! 노은유! 나의 짝이 노은유라니. 병희와 아람이는 자기 짝
과 인사하느라 더 이상 나에게 신경 쓰지 않았다.
담임의 말들이 귀 바깥에서 윙윙 맴돌았다. 임시 반장, 또 2학

년 담임, 이런 단어들이 드문드문 들렸지만 마음 밖으로 튕겨져 나갔다. 그저 아찔했다. 앞으로 이 자리에서 어떻게 버티나.

그때 내 앞에 앉은 남자아이가 손을 번쩍 들었다. 김시후다. 작년에 아람이랑 같은 반이었던 아이.

"선생님! 자리 언제 바뀌요?"

어라! 이건 내가 묻고 싶었던 말이다.

"오잉? 넌 내가 마음에 안 드냐?"

시후 짝이 큰 소리로 말했다.

"그게 아니라, 에이, 그냥 궁금해서 그러지!"

시후가 자기 짝을 보고 활짝 웃었다. 짝도 같이 웃었다.

"선생님! 이 자리로 쭉 가는 건가요? 아님 한 달 단위로 바꾸실 건가요?"

시후가 다시 물었다. 그러자 담임이 안경을 들어 올리며 말했다.

"아! 그건 말이지, 아직 생각 중. 한 달이 좋을지 한 학기가 좋을지."

그때 아람이가 손을 들었다.

"금요일은 마음대로 앉으면 안 되나요? 마음에 드는 친구랑 앉고 싶은 날도 있잖아요."

그렇지. 역시 아람이가 내 마음을 잘 아는구나. 병희랑 우리 셋이 돌아가며 한 번씩 앉아야 해. 나는 일말의 기대를 품고 담임을 쳐다보았다.

"안 돼!"

담임의 표정은 단호했다. 어쩔까나! 앞으로 한 달, 재수 없으면 한 학기 동안 나는 죽었다!

생각해 보면 죽을 정도의 일은 아니다. 싫은 아이가 짝이 되었다고 죽는다면 세상에 살아 있을 중학생이 몇이나 될까? 분명히 그렇다. 그런데, 아! 죽을 것만 같았다. 이 아이는 그냥 싫은 아이가 아니고 노은유다, 노은유!

나에게는 친구가 정말 중요하다. 엄마만큼 중요하다. 아람이, 병희, 미소, 설아 그리고 나, 우리는 친구다. '다섯 손가락' 단톡방도 있다. 나는 초등학교 5학년 때 은따를 겪었고, 6학년 때도 잠시 은따였다. 그런 뒤에 이 친구들을 만났다. 이 친구들이 없는 나의 인생은 상상할 수도 없다.

그런데 우리 다섯 손가락이 선정한 '시민중 밉상' 명단이 있다. 그 1위는 황효정이고, 2위가 바로 노은유다. 3위부터는 그때그때 자주 바뀐다.

효정이를 싫어하는 아이들은 엄청 많다. 왜냐? 선생님들한테 눈웃음친다, 남자애들한테만 친한 척한다, 모범생도 아니면서 치마를 길게 입는다, 존재감 과시하려고 큰 목소리로 말한다, 종종 귀여운 척도 한다, 한마디로 재수 없다!

　사실을 말하자면 이렇다. 효정이는 선생님뿐 아니라 누구에게나 눈웃음친다. 원래 눈이 웃는 사람이 있는데 효정이가 그렇다. 남자애들한테만 친한 척하는 거? 이건 합리적 의심을 할 만하다. 효정이는 남자애들과 어울리는 모습이 자주 목격된다. 근데 남자애들이 효정이만 마주치면 바보처럼 헤벌쭉 웃으면서 먼저 말 거는 것 같던데. 교복 치마 길이 수선하지 않고 그냥 입고 다니는 건 나한테도 해당되는 사항이니 할 말이 없다. 패션 전문가들은 나처럼 다리 짧은 사람은 미니스커트를 입으라고 강조하지만 나는 싫다. 허벅지를 드러내면 짧은 다리가 더 도드라져 보이는 것 같다. 그리고 존재감 과시하려는 게 아니라 효정이는 원래 목소리가 걸걸한 편이다.

　해서 나의 결론은 이렇다. 효정이는 거론한 이유 때문에 미움받는 게 아니다. 진짜 이유는 따로 있다. 그것은 효정이가 출중하게 예뻐서다.

　예쁘다고 다 공공의 적이 되는 건 아니다. 예뻐도 친구들한테 인기 많을 수 있다. 하지만 성격 좋고 털털하고 '나 예쁜 척 절대 안 해.'라는 걸 온몸으로 보여 주지 않으면 바로 '따'당한다. 은따든 왕따든.

효정이는 털털하긴 하지만 애매하게 털털해서 매의 눈보다 날카로운 아이들의 촉수에 딱 걸렸다. 자기가 예쁘다는 사실을 너무 잘 아는 것처럼 보이기 때문이다. 내 친구들은 말한다. 교복치마를 길게 입는 거, 그거 자신감이거든. 어쨌든 튀니까. 약간의 털털함? 그것도 연출이야.

어쨌거나 황효정은 콤플렉스가 없는 아이 같다. 누구 눈치를 보거나 조심하는 법도 없다. 그래서 나도 황효정이 싫다. 밉상 1위가 우리 반이 되지 않은 건 정말 다행이다.

그런데 별로 예쁘지도 않은 노은유는 왜 밉상 2위에 랭크되었을까? 영어 발음이 좋아서? 영어 말하기 대회에 나온 은유를 보고 '와! 노은유, 혀 굴리는 거 장난 아니다!' 하고 감탄하는 아이들이 많았지만 우리 학교에는 은유만큼 영어 잘하는 아이가 여러 명이다. 그 애들은 밉상 명단에 없다. 게다가 은유는 나대는 성격도 아니다.

내 친구들은 말한다.

'노은유는 쉬는 시간에 잠을 너무 많이 자. 학교가 싫으니까 그런 거야. 우리 학교를 무시하는 거지.'

'뭘 물으면 금방 대답하는 법이 없어. 내 질문이 우스운가?'

'순대랑 닭발 먹을 때는 어떻고. 혐오하는 표정 다 보이는데, 일부러 잘 먹는 척한다?'

'체육복에서 세제 냄새 나는 거 알아? 섬유 린스도 안 쓰고 빨래하나 봐.'

하여간 내 친구들이 은유를 싫어하는 이유는 백만 가지도 넘는데, 진짜 이유는 잘 모르겠다. 황효정에 비해, 은유는 우리만 싫어하는 것 같다. 그러고 보니 우리 말고는 은유를 싫어하는 아이를 못 봤다.

노은유는 왜 미운털이 박혔을까? 하긴 그게 뭐 중요한가. 그냥 싫은 사람도 있는 거지. 어쨌든 내 친구들이 너무너무 싫어하는 아이랑 내가 짝이 되었다. 환장하시겠다.

6교시가 끝날 때까지 은유와 한마디도 나누지 않았다. 내가 대놓고 불편한 티를 냈는지 은유도 나에게 말을 걸지 않았다. 시후는 쉬는 시간마다 뒤돌아 은유랑 대화를 나누었다. 작년에도 같은 반이었던 둘은 전부터 잘 아는 사이인 듯했다. 시후는 사교성이 좋은지 새로 만난 짝하고도 시시덕거리며 농담을 주고받았다.

나는 쉬는 시간마다 아람이와 병희와 복도로 나가 수다를 떨었다. 점심시간에는 밥을 안 먹고 운동장에 나갔다.

드디어 수업이 끝나고 아람이 병희와 함께 교문을 나왔다.

"나 어떡해! 머리에 폭탄 맞은 거 같아. 어쩌지? 전학 갈 수도 없고."

나는 둘의 눈치를 살피며 말했다.

"담임 미친 거 아니야? 작년 선배들은 자기가 원하는 아이랑 짝 되게 해 줬대."

아람이가 껌을 씹으며 말했다. 우리는 횡단보도를 건너 문방구로 향했다. 훈훈한 바람이 불었다. 일교차가 심해서 패딩 점퍼를 입고 나왔더니 조금 더웠다.

"답 없어. 그냥 죽었다 생각하고 한 달만 버텨."

병희가 말했다. 우리는 문방구 문을 열었다. 학기 초라 문방구는 아이들로 북적였다.

"한 달이 아니고 한 학기 내내 짝이면, 어떡할 거야?"

아람이가 나를 쳐다보며 말했다. 눈빛이 서늘했다. 간이 쪼그라드는 것 같아 아무 대답도 할 수 없었다.

"하긴 하루도 같이 앉기 싫겠지. 미치겠네."

"그러게. 어쩌냐."

"돌아가시겠네. 어떻게 이런 일이 다 생기냐? 난 노은유랑 같은 반인 것만 해도 소름 끼치거든. 그런데 다현이가 어떻게 밉상 2위랑 짝이 되냐고! 완전 재수 없어."

나는 아람이와 병희가 하는 얘기를 잠자코 듣기만 했다. 진짜 속 터지는 건 바로 나야, 나! 이런 말을 하고 싶었지만 꾹 참았다.

"다현아! 대강 눈치 봐서 일주일쯤 버티다 다른 애랑 짝 바꿔

버려. 나 초등학교 6학년 때 그랬어. 그때 내 짝이, 어휴, 황효정이었잖아. 내가 미치지 않고서야 그런 애랑 어떻게 같이 앉아? 그냥 내 맘대로 다른 애랑 짝 바꿨어. 담임이 모른 체해 주던데."

아람이가 말했다. 들다 보니 솔깃했다.

"안 되지 않을까? 아까 담임이 멋대로 짝 바꾸는 거, 안 봐줄 거라고 했잖아. 머리 터지게 짝 배정 프로그램 만들고 있다고."

병희가 마지막 남은 기대 한 톨에 찬물을 끼얹었다. 담임이 그런 말도 했었나? 하긴 하루 종일 멍해서 담임의 말이 라디오 소리처럼 들리긴 했다.

나는 바인더 파일 두 권, 엘홀더 열 장, 딱풀 두 개, 투명 테이프, 수정 테이프, 네임펜 세 자루를 샀다. 아람이와 병희도 손등 위에 쓴 메모를 보며 학용품을 골랐다. 순간 뜨끔했다. 손등 위에다 메모하는 게 유행인데, 내가 따라 하지 않는다고 뭐라 하지는 않겠지? 아람이는 이런 소소한 행위를 같이하는 걸 중요하게 생각하는 편이다. 그런데 내 손은 땀이 많은지 글씨가 잘 지워진다. 그렇다고 네임펜으로 쓸 수도 없고 해서 포기했다.

계산대 앞에서 줄을 섰다. 우리 앞에는 남자아이가 있었다. 교복이 헐렁한 걸 보니 신입생인 듯했다. 귀여운 녀석. 앞으로 험난한 중학교 생활을 어떻게 견딜래?

문방구를 나와 아파트 단지로 향했다. 친구들과 있을 땐 단지를 통과해서 집으로 간다. 단지 입구에 장작구이통닭 트럭이 보였다. 고소한 냄새 때문에 군침이 고였다. 그때였다.

"어이! 친구들!"

익숙한 목소리! 뒤를 돌아보니 미소와 설아였다. 우리 다섯이 거리에서 우연히 만난 것이다! 우리는 트럭 앞에서 반가워서 팔짝팔짝 뛰었다.

"다현 낭자! 소식 들었소. 얼마나 상심이 크시오?"

미소가 내 등을 툭툭 치며 익살스럽게 말했다. 미소는 최근 종영한 사극 드라마에 아직도 빠져 있다.

"어이! 친구! 너무 속상해하지 마. 나도 완전 찐따랑 짝 됐어. 사는 게 다 그런 거지 뭐."

설아도 세상 다 산 노인처럼 말했다. 위로를 들으니 한결 기분이 나아졌다.

"여기서 통닭 사서 우리 집에 가서 놀까?"

병희가 눈을 반짝이며 말했다.

"난 학원 가야 하는데."

"나도."

"그럼 다음에 놀지 뭐. 하긴 나도 학원 숙제 해야 되네."

친구들의 거절도 병희는 쿨하게 받아들였다.

"그래도 한 30분은 놀 수 있어. 우리 공원에 가서 놀까?"

아람이가 말했다. 날도 좋은데 환상적인 제안이었다. 모두 좋다고 했다. 우리는 공원으로 향했다. 그런데 나는 더 이상 같이 걸을 수 없었다.

배에서 신호가 왔다. 참을 수 없이 화장실이 급했다. 나는 친구들한테 대충 인사하고 집을 향해 걸었다. 하늘이 노랬다. 상가 화장실에 들어갈 수도 없고, 이러다 길거리에서 실수할 것만 같았다.

엉덩이에 힘을 잔뜩 주고 펭귄처럼 종종 걸었다. 학기 초만 되면 자주 있는 일이다. 과민성대장증후군. 내과에도 가 보고 한약도 먹어 봤는데 소용없었다. 머리통이 후끈거리고 날 선 세포들이 온몸을 긴장시켰다.

짧은 순간 별의별 생각이 다 났다. 119를 부를까? 안 되겠지. 이런 일에 119를 부르는 건 공권력 낭비다. 공무집행방해로 체포될 수도 있다. 미치겠다. 어벤저스! 저 좀 도와주세요! 아, 나는 왜 이렇게 스트레스에 취약한 몸으로 태어난 걸까?

눈앞에 토끼방앗간이 보였다. 살았다! 모퉁이를 돌아 열 걸음만 가면 우리 집이다.

5분 대기조

화장실에서 나오자마자 친구들에게 톡을 보냈다.

- 볼일 다 봤는데, 지금 어디? 갈까? 오후 3:42

10초 후에 설아한테서 답문이 왔다.

- 공원! 곧 헤어질 예정. 학원 차 타야 함. 올 필요 없으심ㅋ 오후 3:42
- 그렇구나. ㅋㅋ 학원 가서 수업 잘하고. 오후 3:43

온갖 이모티콘과 함께 문자를 보냈다. 답문은 없었다. 당연한 일인데 조금 서운했다. 뭐, 괜찮다. 어차피 마지막 문자는 늘 내 몫이니까.

다시 안 나가도 된다니 마음 놓고 샤워를 했다. 머리를 감으며 노래를 불렀다.

"두 번 다신 생선 가게 털지 않아. 서럽게 울던 날들 나는 외톨이라네. 이젠 바다로 떠날 거예요. 거미로 그물 쳐서 물고기 잡으러!"

목청껏 부르는 노래가 쏟아지는 물소리에 섞였다. 체리필터의 〈낭만 고양이〉. 내 비공개 블로그 '체리새우'의 배경음악이다. 배경음악은 자주 바뀐다. 이 노래 말고도 좋은 노래를 많이 올려놓았다. 책 읽다가 발견한 좋은 문장이나 내가 찍은 동네 풍경도 있다. 체리새우 블로그는 내가 좋아하는 걸 다 말하는 공간이다. 물론 비공개로. 나는 블로그를 하면서 2월의 불안을 견디었다.

나만 그런 게 아니다. 2월이면 아이들은 반 배정 때문에 엄청나게 스트레스를 받는다. 그러니 헷꿀꿀이니 개꿀꿀이니 주문까지 만드는 거겠지. 새 학년이 되면 막연했던 두려움은 현실이 된다. 같이 주문을 걸던 아이들도 각자 입장이 달라지는 것이다. 이 정도면 됐다고 안심하거나 패닉에 빠지거나.

샤워를 하고 나와 냉동실에서 볶음밥을 꺼내 전자레인지에 넣었다. 엄마는 김치볶음밥, 마늘치킨볶음밥 같은 걸 만들어 1인분씩 용기에 담아 냉동실에 넣어 둔다. 내가 언제든 꺼내서 먹을 수 있게.

전자레인지가 돌아가는 동안 헤어드라이어로 머리를 말렸다.

노래가 입에서 계속 맴돌았다.

낮게 흥얼거리면서도 나는 외톨이라네, 이 대목에서는 조금 크게 불렀다. 노래는 이상하다. '나는 외톨이'라고 소리 지르면, 외톨이가 별거 아닌 것처럼 느껴진다. 그때 갑자기 어떤 깨달음이 스쳤다. 내가 반 배정은 성공했는데 짝 배정이 망한 이유.

아무래도 주문을 잘못 걸어서 부정 탄 것 같다. '반 배정 개꿀꿀'만 썼어야 했는데 '햇꿀꿀'까지 쓰다니. 작년 주문을 써서 결과가 꿀꿀하게 나온 거다.

그사이 마늘치킨볶음밥이 다 되었다. 나는 따끈따끈한 밥을 꺼내 토마토케첩을 뿌렸다. 역시 과민성대장증후군이다. 장염에 의한 설사라면 이렇게 금방 배가 고플 리가 없다. 맞다! 그러고 보니 점심 급식을 먹지 않았다.

식당 리모델링 공사로 이번 학기 내내 교실에서 점심을 먹어야 한다. 자리 이동도 안 된다. 작년에 급식실에서 큰 싸움이 난 후 그렇게 되었다. 그 일로 학교폭력위원회가 열렸고, 인터넷 청소년 신문에 기사까지 났다.

아람이와 병희는 자기 자리에서 점심을 먹었다. 나는 도저히 은유 옆에서 밥을 먹을 수 없었다. 할 수 없이 혼자 운동장으로 나갔다. 이러니 배가 고플 수밖에.

숟가락을 뜨기 전 휴대폰으로 사진부터 찍었다. 그리고 다섯 손가락 단톡방에 올렸다.

- 기분 전환용 먹짤 올림. 엄마표 마늘치킨볶음밥. 염장 지르려고 올리는 거 아님. ㅋㅋㅋ 짝 배정 폭탄 맞은 설아도 힘내. 우리 한 달만 참자♡ 오후 4:12

휴대폰을 보며 밥을 먹기 시작했다. 음악 재생 목록을 열었다. 〈낭만 고양이〉를 들으려고 했는데 다른 노래가 눈에 띄었다. 가곡 〈봄이 오면〉이다. 이 노래는 바리톤으로 듣는 게 좋다. 플레이 버튼을 터치했다.

가곡을 들으면 마음이 편해진다. 그런데 이런 노래를 좋아하면 놀림받기 십상이다. 클래식 음악을 전공할 것도 아닌 아이가 가곡을 좋아하면 아이들은 이렇게 말한다.

'진지충!'

비슷한 뜻으로 '선비질한다'는 표현이 있다. 깨어 있는 척, 혼자 깨끗한 척, 고고한 척, 잘난 척할 때 '선비질하고 있네.' 이런다.

나는 진지충 소리도 많이 들었고, 요즘은 자제하는 편이지만 선비질도 많이 했다. 인정한다. 보통 아이들이 거의 하지 않는 블로그를 하는 것만 봐도 그렇다. 친구들 시선으로 보면 내 취향은 엄청나게 올드하다. 생각은 선비질로 가득하고. 바로 그래서 블로그 말고는 나를 털어놓을 데가 없다.

체리새우: 비밀글입니다

물론 나 말고도 블로그를 하는 아이들이 있긴 하다. 뷰티 블로그, 게임 블로그를 운영하는 아이도 있고, 3학년 선배의 역사 블로그는 꽤 유명하다. 그런 블로그들은 특정 주제에 대한 정보가 유용하기 때문에 나름 인기 있다. 내 블로그는 다르다. 체리새우 블로그의 주제는 나, 김다현이다. 나의 블로그 대문에는 이런 글이 있다.

외갓집에서 체리새우를 처음 보았다. 수초 가득한 어항에 내 손톱만 한 크기의 새빨간 새우들이 있었다. 나는 것처럼 헤엄치는 모습이 예뻤다. 작고 연약한 듯 보이지만 굳건한 생명체. 나랑 닮았다. ㅋㅋ

체리새우 블로그를 다른 아이들이 본다면 어떤 반응이 나올지 짐작하고도 남는다. 그래서 비공개로 설정해 두었지만 가끔 반발심이 생긴다. 깨어 있는 척이고, 깨끗한 척이고, 그 기준을 누가 정하는 거지? 자기 마음에 안 들면 일단 선비질, 진지충 딱지부터 붙이는 거 아닌가. 가곡 좀 좋아하면 안 되나? 케이팝 좋아하면 애국자고, 가곡 좋아하면 진지충인가?
……라고 외치고 싶다. 학교 방송실 마이크에다 대고 말이다. 그럼 당장 전교 아싸로 등극하겠지. 아! 나는 매사 이런 식으로 토 달고, 문제 제기를 하고 싶어 한다.

진지충 소리는 초등학교 5학년 때 처음 들었다. 그때 휴대폰 통화 연결음이 〈그 집 앞〉이었다. 오가며 그 집 앞을 지나노라면 그리워 나도 몰래 발이 머물고, 대략 여기까지 흘러나오면 내가 전화를 받았다. 너 진지충이구나! 대놓고 이런 말 하는 아이는 차라리 괜찮았다.

그때 친하게 지내던 아이들이 있었다. 딱히 몇 명은 아니고 어떤 때는 세 명, 어떤 때는 다섯 명이 어울렸는데, 어느 때부터인가 이상한 공기가 느껴졌다. 예를 들면 이런 대화를 나누는 식이었다.

A 너 점퍼 노란색이네. 한국인 중에 노란색 어울리는 사람 별로 없는데, 너는 정말 예쁘다. B 너는 옷 세련되게 잘 입잖아. 색상 맞춰 입는 감각 그거 타고나는 거거든. 나는 C 다리 긴 거 완전 부러워. 키 크면 뭐 하나? 비율이 중요하지.

그러니까 이런 칭찬을 주고받으면서 그 자리에 있던 나만 쏙 빼놓는 식이었다. 게다가 '키 크면 뭐 하나?'에 해당되는 아이가 바로 나라는 생각이 들었다. 다리 짧고 키 큰 애가 바로 나니까.

체험학습 가는 날이었다. 담임이 특별한 말이 없어서 아이들은 마음대로 버스에 자리를 잡았다. 그런데 먼저 버스에 오른 A와 B가 같이 앉고, C와 D가 통로를 사이에 두고 나란히 앉았다. 그 뒤에는 다른 아이들이 앉아서 나는 할 수 없이 맨 뒷자리로 갔다. 내가 A, B, C, D랑 친한 줄 알아서 나랑 앉으려는 아이도 없었다. 버스로 이동하는 내내 안절부절못했다. 박물관에서도 나빼고 네 명만 몰려다녔다. 나를 알은체도 안 하는 그 애들 옆에 계속 있을 수도 없었다.

삼삼오오 무리를 지은 아이들 뒤를 나는 어정쩡하게 뒤따랐다. 문화해설사의 설명이 귀에 들어오지 않았다. 그때 생각했다. 나는 왕따인가? 은따인가? 하긴 은따면 어떻고 왕따면 어쩔 건가. 그저 '따'일 뿐인데.

대화할 친구가 없으니 생각만 넘쳤다. 복수할까? 조상님들 유물 앞에서 그냥 콱 죽어 버릴까? 그래서 미라가 되어 저 전시관에 누워 볼까? 먼 훗날 A, B, C, D가 미라가 된 나를 보고 후회하겠지. 그 애들이 못 보더라도 상관없다. 후손들이 나를 보고 '음, 왕따는 정말 나쁜 거군.' 이 정도만 깨달아도 좋겠다.

집에 와서 잠을 이룰 수 없었다. 주말 내내 곰곰이 생각하니 그동안 조짐이 있기는 했다. 9월에 A의 생일이 있었는데, 모두 A한테 생일 축하 톡을 날렸다. 그런데 보름 뒤 내 생일은 기억해 주는 아이가 없었다. 개교기념일에도 자기들끼리 놀았다. 나중에 그 사실을 알았는데, 왜 나한테는 연락하지 않았느냐고 차마 묻지 못했었다. 그 애들은 같은 아파트 단지에 살고 나만 뚝 떨어진 주택가에 살아서였나? 아님 그날따라 내 휴대폰이 먹통이었나?

다음 주 월요일 학교에 가니 A, B, C, D 네 명이 뒷자리에 앉아 있었다. 내가 교실 문을 열자 D가 슬쩍 나를 쳐다보았다. 그러고는 자기들끼리 하던 얘기를 계속했다. 나는 용기를 끌어모아 그 애들한테 다가갔다.

"나, 은따당하는 중이니?"

단도직입으로 물어 버렸다. A, B, C, D 넷 다 당황한 기색이 역력했다.

"야! 은따는 무슨!"

"말도 안 돼. 우리가 왜 너를 은따시키겠어?"

"다현아! 이리 와서 앉아. 우리 〈딸기공주 뉴욕 가다〉 얘기 중이야. 〈딸기공주 뉴욕 가다〉 알아? 타임슬립 웹툰 있잖아. 뉴욕에 떨어진 조선 시대 공주 얘기."

온갖 상상을 다 했었는데 막상 아이들이 반갑게 대답해 주니 눈물이 날 거 같았다. 나는 가방을 자리에 내려놓고 그 애들 옆에 앉았다. 웹툰을 본 적 없어서 그 애들이 하는 말을 듣기만 했다. 그래도 지옥에서 탈출한 것처럼 감격스러웠다.

점심시간에도 그 애들은 계속 딸기공주 얘기만 했다. 웹툰을 안 봤으니 내가 끼어들 여지는 없었다. 그러다 D가 생각난 듯 나를 힐끔 보더니, 다른 아이들에게 이렇게 말했다.

"다현이 말이야, 아니카 닮지 않았어?"

"정말! 맞다, 맞아."

"완전 똑같아."

"웹툰 작가가 다현이 보고 아니카 캐릭터 만들었나 봐."

아이들은 이런 얘기를 주고받으며 자기들끼리 키득키득 웃었다. 뭐지? 이 묘한 공기는?

집에 와서 〈딸기공주 뉴욕 가다〉를 결제해서 읽었다. 그리하여 알았다. 아니카가 어떤 인물인지. 아니카는 뉴욕 뒷골목에 사는 백인 여자다. 뉴욕에 떨어져 어리둥절해하는 딸기공주를 등쳐 먹는 악당. 더럽게 눈치 없고, 클래식만 들으면서 다른 사람들 무시하고, 잘 알지도 못하면서 남을 가르치려고 드는 캐릭터다. 이런 아니카가 나랑 똑같다고?

다음 날 학교에 가지 못했다. 그 후 일주일 더 결석했다. 몸살을 앓았다. 그때 동네 소아과에 다녔는데, 열나고 토해서 엄마가 많이 걱정했다.

학교에 다시 가서도 더 이상 그 애들 곁으로 갈 수 없었다. 백만 년 같은 며칠이 흘렀다. 그때 내게 다가온 아이가 권설아였다. 나중에 설아가 말해 주었다. A, B, C, D가 나에 대해 했던 말. 나에게는 똑똑하고 예쁜 아이들이나 취할 만한 태도나 제스처가 있다고 했단다. 성적도 별로고, 예쁘지도 않은 애가 그러니 웃기지 않느냐고. 그런 근거 없는 자신감이 어디서 나오는지 모르겠다고. 완전 재수 없다고.

　머리에 번개를 맞은 것 같았다. 충격이 좀 가신 뒤 그 애들의 말이 제대로 접수되었다. 맞다! 내가 좀 그런 면이 있다. 인정! 백 퍼센트 인정! 그때 난 엄청 나댔다. 능력도 안 되면서 수업 시간마다 손을 들었고, 책이라도 읽은 날이면 혼자 신나서 떠들곤 했다. 누굴 등쳐 먹은 적은 없지만, 내가 아니카 캐릭터를 닮은 것도 같았다.

　그러나 그 애들이 엄마에 대해 했다는 말은 모욕적이었다. 코딱지만 한 우동 가게 하는 촌티 패션 아줌마가 클래식이 말이 되냐고 했다던 말.

　이건 아니다. 나는 그 애들한테 가서 말하고 싶었다. 내가 재수 없는 애라는 건 인정하지만 엄마의 촌티 패션은 새 옷 사러 나갈 시간이 없어서 그런 거라고, 촌티 패션 아줌마는 클래식 좋아하면 안 되냐고, 우동 가게 오는 손님들도 클래식 틀어 놓는 거 좋아한다고.

　하지만 말하지 못했다. 그 애들은 나를 위해 귀를 열어 주지 않았다.

　밥을 절반쯤 먹었을 때 전화벨이 울렸다.

　"아람아! 이 시간에 웬일?"

반가운 마음에 소리를 질렀다. 아람이는 학원에 도착해 있을 시간이었다.

"어쩌지? 다현아! 나 부탁 좀 할게."

다급한 목소리였다.

"뭔데, 무슨 일 생긴 거야?"

"나 완전 미쳤나 봐! 우리 집에 가서 영어 교재 좀 갖다줄 수 있어? 집에 들르지 않고 오느라 학원 교재를 안 갖고 왔어. 곧 1교시 시작인데, 으악! 네가 날아와도 1교시 전에는 못 오겠지? 그럼 리스닝 교재만 갖다줘. 해 줄 수 있지?"

"그래, 그래. 갖다줄게. 그런데 어떤 책인지 내가 모르는데."

"내 책상 위에 보면 리스닝 책 있어. 보라색이야. 금방 눈에 띌 거야. 할머니한테 너 갈 거라고 말해 놓을게."

전화를 끊은 뒤 점퍼를 입었다. 먹다가 만 밥을 치울까 하다가 늦을까 봐 그냥 두었다. 마음이 급했다.

계단을 내려와 후다닥 뛰었다. 토끼방앗간 앞에서 꺾어 돌아 5분만 더 가면 아람이네 슈퍼마켓이 있다.

아람이 방까지 올라갈 것도 없었다. 가게에 들어서자마자 아람이 할머니가 교재를 건네주며 말했다.

"얼른 가라!"

단호한 명령조였다. 잠깐 흠칫했지만 나는 아람이 할머니한테 인사를 꾸벅하고 다시 뛰었다. 아람이 학원은 버스로 세 정류장 떨어진 곳에 있다.

버스에 타서야 알았다. 샤워를 한 뒤 로션만 발랐다는 사실을. 갑자기 얼굴이 화끈 달아올랐다. 아! 주근깨!

눈 밑에서 볼 위까지 촘촘한 나의 주근깨 덕분에 집 밖에 나갈 때 비비크림은 필수다. 학생부장이 학교에 화장하고 오면 벌점 줄 거라고 엄포를 놓지만, 대부분 아이들이 비비크림 정도는 바르고 다닌다. 나는 눈이나 입술 화장은 가끔 해도, 비비크림은 꼭 바르고 다닌다. 아까는 아람이의 다급한 목소리 때문에 제정신이 아니었다. 마스크라도 쓰고 나왔어야 했다.

버스에서 내려 학원 건물로 들어갔다. 엘리베이터 앞에서 고개를 푹 숙였다. 아는 아이라도 만날까 봐 가슴이 쿵쿵 뛰었다. 여긴 어쩐 일이냐고 누가 묻기라도 하면 어쩌지? 급히 아람이 책 갖다주러 왔다는 말은 하고 싶지 않았다.

아람이한테 문자를 보냈다.

- 나, 도착! 어디로 가면 돼? 오후 4:55

금방 답문이 왔다.

- 지금 수업 중! 카운터에 맡겨 놔. 고마워. ^^ 오후 4:55

- 괜찮아. 어차피 외출하려고 했었어. ^^ 오후 4:56

엘리베이터를 타고 올라갔다. 수업 중이어서인지 다행히 복도에 아무도 없었다. 나는 카운터로 가서 말했다.

"저기, 송아람 학생 친구인데요. 여기에 책 맡겨 놓으라고 해서."

기어들어 가는 목소리로 말했다. 땀이 났다.

"두고 가."

세련된 정장 차림의 여자가 사무적으로 말했다. 문을 열고 나오는데 뒤통수가 따가웠다. 나를 조롱하는 목소리가 들리는 것만 같았다. 어머나! 저 애 좀 봐. 친구 심부름이나 하고, 한심하다, 한심해!

어디든 숨고 싶었다. 순간 이동 능력이 있으면 얼마나 좋을까. 얼른 집에 가고 싶다는 마음뿐이었다.

집에 와서 남은 밥을 마저 먹었다. 전자레인지에 다시 데웠더니 여전히 맛있었다. 엄마가 삶아 놓은 감자도 먹었다. 그래도 허기가 졌다. 나는 청양고추와 고춧가루를 잔뜩 넣어 라면을 끓였다. 후후 불어 가며 먹는데 너무 매워서 머리통에서 불이 나는 것 같았다. 정신을 차릴 수가 없었다. 그래도 국물까지 싹싹 긁어 먹었다.

기분은 여전히 좋지 않았다. 아람이 할머니는 나한테 왜 그랬을까? 최소한 고맙다는 말은 해야 하는 거 아닌가? 얼른 가라니! 내가 아람이 심부름꾼인가? 척 보면 내가 무시해도 좋게 생겼나?

갑자기 뜨끔했다. 이렇게 생각하면 안 되는데. 심부름이라니. 나는 곤란에 처한 친구를 도와준 거지, 심부름을 한 게 아니다. 그래, 좋은 게 좋은 거야. 제발 대강대강 좀 넘어가자!

5학년 때 그 사건 이후에도 몇 번 더 은따 분위기를 겪었다. 늘 꼬리표처럼 따라다니는 나에 관한 말, 그것은 내가 잘난 체하며 따지기를 좋아한다는 거였다.

나는 그때그때 내가 하는 생각을 말하고 싶다. 내가 잘한 것도 드러내고 자랑하고 싶다. 잘 모르겠다. 왜 인간이 겸손해야 하는 지. 그건 위선 아닌가?

하지만 그 이후 나는 절대 나대지 않고, 어떻게든 튀지 않으려고 노력했다. 따지고 싶은 일이 생겨도 말로 내뱉기 전에 꿀꺽 생각을 삼켰다. 학교에서는 가요만 들었다.

중학교에 들어와서 권설아를 다시 만난 건 행운이었다. 설아가 나를 자기 그룹에 끼워 줬으니까. 아람이, 병희, 미소는 얼굴만 알던 애들이었는데, 설아와 같은 반이 된 나를 기꺼이 받아

주었다.

매일이 축제 같았다. 우리 다섯이 뭉쳐 다니니 함부로 나를 대하는 아이가 없었다. 불쑥 따지거나 자랑하고 싶은 순간도 있었다. 그럴 때마다 마음을 붙잡았다. 등교할 때 영혼을 집에 두고 나온 거라고. 이렇게 소중한 친구들을 다시 잃을 순 없다고.

그런데 순둥이로 살기로 작정하니 다른 문제가 생겼다. 아무래도 어떤 사람들한텐 내가 만만해 보이는 것 같다.

밤에 엄마가 퇴근하면 나도 학원 다니고 싶다고 말해 볼까? 아람이 할머니는 내가 학원에 안 다녀서 무시한 건지도 모른다. 어른들은 학원에 다니지 않는 아이는 성적이 바닥이거나 지독하게 가난할 거라고 생각한다. 나는 어른들의 그 단단한 오해를 깨뜨릴 자신이 없고, 무시당하기도 싫다. 내가 요구하면 엄마는 두 손 들어 환영할 것이다.

사실 엄마가 다니라고 해서 학원에 다닌 적이 있었다. 그때 나는 학교보다 학원이 더 끔찍했다. 나는 학원에서 수준별로 반을 나누는 걸 납득할 수가 없었다. 그게 성적을 올리는 데 효율적일 수도 있겠지만, 내 성적은 오히려 학원에 다니면서 더 떨어졌다.

무엇보다 나한테는 성적보다 친구가 더 중요하다. 내가 학원에 다니게 되면 오늘처럼 아람이가 곤경에 처했을 때 도와줄 수도 없을 테니!

이상한 대화

하루가 백 년 같았다. 쉬는 시간에는 주로 엎드려 있었다. 감옥이 따로 없었다. 아람이, 병희와만 노는 것도 한계가 있었다. 쉬는 시간은 짧고, 그 애들은 벌써 자기 짝이랑 친해졌다.

점심 때마다 괴로웠다. 밥맛도 없었다.

가끔 내 앞에 앉은 해강이가 말을 걸었다.

"다현아! 너 떡갈비 싫어하냐? 안 먹을 거면 나 좀 줄래?"

내가 떡갈비를 싫어하다니, 그럴 리가. 나중에 먹으려고 아껴 둔 거였다. 그렇지만 말을 걸어 준 해강이가 눈물 나게 고마웠다. 못 이기는 체 떡갈비를 전부 주었더니 해강이가 큰 소리로 말했다.

"대박! 고마워."

나는 해강이의 그런 점이 마음에 들었다. 고맙다, 미안하다, 이런 말을 거리낌 없이 할 줄 아는 아이는 생각보다 많지 않다. 마땅히 해야 할 순간에도 아이들은 말을 아낀다. 그런데 아람이와 병희는 해강이를 싫어했다.

"해강이 완전 찐따야."

"맞아. 목소리도 앵앵거리고 완전 이상해. 공부도 못할걸."

이런 대화에 맞장구를 쳐 주기가 힘들었다. 나는 노은유를 미워하는 것만 해도 버겁다. 그런데 해강이까지? 나더러 어쩌라고!

화이트데이는 나름대로 떠들썩했다. 미소가 좋아하는 남자애한테 사탕을 받은 것이다. 그날 아람이, 병희, 미소, 설아 그리고 나는 축하의 의미로 모였다. 친구들은 학원도 빠졌다.

"미소는 좋겠다. 완전 부러워."

병희가 머리카락을 빙빙 꼬면서 몇 번이나 말했다.

"어허, 이제 시작일 뿐이라오."

미소가 신이 나서 말했다. 미소는 자기 얘기를 스스럼없이 하는 편이다. 설아도 그렇고. 아람이는 모르겠다. 아람이는 자기주장은 많이 하는데, 개인적인 얘기를 잘 하지 않는다. 대신 남 얘기는 엄청 많이 한다. 병희는 주장도 없는 편이고 자기 얘기도 거의 하지 않는다. 대신 친구들 얘기를 잘 들어 준다. 나 역시 마찬가지. 나는 언제쯤 친구들에게 짝남 얘기를 할 수 있을까? 정현우 알지? 사실은 나, 그 애 좋아한다?

이러건 저러건 즐거웠다. 우리는 떡볶이집에서 노래방까지 풀 코스로 놀다가 저녁이 훌쩍 지나서야 헤어졌다. 우울한 날들 속에 축제 같은 하루였다.

국어 시간에 담임이 과제를 내줬다. 학교와 마을이 더불어 즐거운 '동교동락' 사업을 우리 학교도 하게 되었는데, 2학년은 마을신문을 만들기로 했다는 거였다. 기한은 6월 말까지. 마을신문이라는 단어만 들었을 때는 기뻤다. 내가 되고 싶은 것 중 하나가 기자니까. 초등학교 6학년 때 마을신문을 혼자 만든 적도 있다.

"이런 과제 혼자 하는 거 봤어? 당연히 모둠 과제지."

담임이 말했다. 모둠도 담임이 정해 줬다. 그러니까 나랑 내 짝 노은유, 바로 앞에 앉은 김시후랑 이해강이 한 모둠이 된 것이다.

"수행평가에 들어가니까 성의 있게 만들도록. 참! 시상도 한단다. 우리 반에서 최우수상 나오면 무지 좋겠지? 그런데 모둠 과제 하면 놀면서 무임승차하는 애들 꼭 있지? 난 그거 눈 뜨고 못 본다."

"그럼 눈 감고 보세요!"

해강이의 웃기지도 않은 농담에 아이들이 와르르 웃었다. 담임도 기가 막혀 웃었다. 나는 심란해서 웃음도 안 나왔다. 쉬는 시간이 되자마자 김시후가 뒤를 돌아보았다.

"당장 수업 끝나고 모이자. 오늘 학부모 총회라 수업도 일찍 끝나잖아."

시후가 비장하게 말했다. 전국구 자사고 진학을 꿈꾸는 김시후한테는 수행평가가 매우 중요하다. 수상까지 한다면 시후는 훌륭한 스펙 하나를 얻게 될 것이다.

"대박! 신난다. 우리 어디서 모여?"

해강이가 말했다. 해강이는 뭐가 신난다는 걸까? 참 나.

"만날 장소 없으면 우리 집에 갈래?"

노은유가 말했다. 그러면서 슬쩍 나를 쳐다보았다. 왜 나를 쳐다보는 거야? 시후와 해강이는 단번에 좋다고 말했다. 때마침 수업 종이 울려서 나는 대답을 하지 않은 채로 어영부영 넘어갔다.

은유랑 절대 말을 섞지 말 것. 우리 다섯 손가락 친구들끼리의 암묵적 약속이다. 그런데 이제 같은 모둠이 되었다. 어쩌나? 마을신문을 만들려면 친구들의 승인이 필요했다.

쉬는 시간에 아람이와 병희를 복도로 불러냈다.

"뭐 하러 가? 가지 마."

아람이가 펄펄 뛰었다.

"과제인데 안 가면 어떡해?"

"그냥 안 가면 되지. 나중에 뭐라 그러면 치과 갔다고 해."

병희도 거들었다.

"거짓말을 하라고?"

"그냥 둘러대라는 거지."

"김시후, 완전 웃긴다. 수행평가라니 눈이 뒤집혀 가지고. 우리 모둠은 그냥 단톡방에서 다 해결하기로 했어. 자기가 맡은 부분만 써서 올리면 되잖아. 꼴랑 수행 하나 가지고 엄청 오버하네. 하여간 노은유랑 엮이면 애들이 다 이상해진다니까."

아람이가 격하게 말을 쏟아 냈다. 이렇게까지 말하니 모둠 과제 모임은 꿈도 꿀 수 없었다.

"나 오늘 못 가. 치과 가야 해."

교실에 들어갔을 때 떠오르는 핑계가 이것밖에 없었다. 세상에 호두도 그냥 깨 먹을 내가 치과라니. 시후가 나를 똑바로 쳐다보았다. 거짓말한 게 티 났나?

"야! 나도 학원 숙제 해야 되거든. 치과는 좀 늦게 가면 안 되냐?"

시후는 아쉽다는 듯 되물었다. 그때였다.

"왜 그래? 다현이 치과 예약했단 말이야."

저쪽에서 아람이가 소리쳤다. 으악! 아람이는 왜 나서는 거야. 환장하시겠다.

종례가 끝나자마자 부리나케 교실을 빠져나왔다. 일단 뱉어 놓은 말이 있으니 치과 쪽으로 가야 했다. 뒤통수가 뜨거웠다. 그렇지만 한 번도 뒤돌아보지 않았다.

한 블록을 걸어 주민센터 건물을 지났다. 개나리가 활짝 핀 공원에 남자아이들이 가방을 벗어 놓은 채 농구를 하고 있었다. 지붕이 있는 평상에는 아무도 없었다. 날이 더 따뜻해지면 동네 할머니 할아버지 들이 나와 화투판을 벌일 것이다.

재빨리 횡단보도를 건넜다. 그러고는 뛰다시피 이팝나무 가로수 길을 걸어 편의점 골목을 꺾어 돌았다. 눈앞에 치과가 보였다. 휴! 그제야 다리에 힘이 풀렸다. 안심이다.

불쑥 자괴감이 들었다. 이렇게까지 해야 하나? 언제까지 노은유를 피할 수 있을까? 나는 모둠 과제에 무임승차하고 싶은 생각이 참새 눈물만큼도 없다.

터덜터덜 걸어서 치과가 있는 상가에 들어섰다. 사실 이곳은 내가 좋아하는 장소다. 이 건물 1층에는 통유리로 된 카페와 빵집, 화원, 약국이 있다. 상가 가까이 오면 언제나 마늘빵과 꽃향기, 커피 볶는 냄새가 어지럽게 섞여 아늑한 냄새가 난다. 가끔 식빵 사러 오면 일부러 서성거리다 가는 곳이다. 그때 좋은 생각이 났다. 아! 이걸 마을신문 기사로 쓰면 좋겠다. 우리 동네 상가 탐방, 이렇게.

6학년 때 만든 마을신문에도 '동네 맛집 탐방' 기사를 썼었다. 학교 주변 떡집이랑 분식집을 취재하고 맛을 분석한 내용이었다. 어렵지 않았다. 맛 자체보다 나의 소중한 기억의 장소에 초점을 맞춰서 썼으니까.

일단 여기까지 왔으니 화장실에나 가야겠다는 생각이 들었다. 다행히 치과가 있는 2층 화장실은 개방되어 있었다.

화장실에서 생각했다. 여기서 몇 분이나 더 머물다 가야 할까. 거짓말은 어렵다. 거짓말에 맞춰 살기는 더 어렵고.

천천히 손을 씻은 뒤 거울을 보았다. 사실 나는 내 외모가 마음에 든다. 주근깨도 있고, 다리도 짧지만 뭐 어때? 물론 이런 생각을 입 밖에 내진 않는다.

핸드 드라이어에 손을 말린 뒤, 파우치를 열어 머리빗과 기름종이, 틴트를 꺼냈다. 머리를 빗고, 기름종이로 폭발하는 얼굴의 개기름을 닦아 낸 다음, 살구색 틴트를 발랐다.

볼일 끝이다! 이제 어디로 가지?

갈 곳이 없다. 나는 계단을 내려왔다. 생각해 보니 집에 식빵이 떨어졌다. 빵집 문을 열었더니 밀려드는 빵 냄새에 기절할 것 같았다. 단팥빵, 치즈베이글, 커스터드크림빵, 사고 싶은 빵이 너무 많았다. 그렇지만 딱 식빵 하나 살 돈밖에 없었다. 어쩌지? 식빵을 살까, 치즈베이글을 살까? 그때였다.

"야! 김다현!"

반가워하는 목소리. 뒤돌아보니 해강이었다. 그 옆에는 노은유와 김시후도 있었다. 뭐지? 도둑질하다 들킨 것처럼 온몸이 찌릿했다.

"벌써 치과 갔다 온 거야?"

시후가 물었다. 치과 이야기를 전혀 의심하지 않는 것 같았다. 재빠르게 머리를 굴렸다.

"어, 뭐, 치과에 기다리는 환자가 너무 많아서 그냥 나왔어. 당장 급한 건 아니거든. 그런데 너희들은 왜 여기에 있어?"

내가 말했다. 의외로 내 목소리가 덤덤했다.

"우리, 빵 몇 개 사 가지고 가려고. 은유네 집이 바로 요 앞 올리브아파트잖아."

"잘됐다. 그럼 우리랑 같이 가자."

해강이와 시후가 말했다.

"그래. 같이 가자."

은유도 말했다. 처음으로 내게 말을 건 거였다.

스르르 내 마음속 어딘가의 빗장이 풀렸다. 맞아. 나도 모임에 참여하고 싶었어. 나 원래 거짓말로 상황 모면하는 거 엄청 싫어하거든. 대체 내가 왜 이런 비겁한 짓을 해야 하는지 자괴감이 들었다고. 그리고 맛있는 빵도 진짜 먹고 싶어. 그런데 다섯 손가락 친구들한테 뭐라고 변명하지? 어쩔 수 없었다고 말하지 뭐.

"와! 수업 일찍 끝나니 진짜 좋다. 우리 끝나고 피시방 갈래? 해강아! 같이 가자."

시후가 소리를 질렀다. 피시방이라니, 학원 숙제 해야 한다며? 공부만 하는 아이인 줄 알았는데 의외였다.

우리 넷은 빵집을 나와 개나리가 피어 있는 길을 따라 걸었다. 한 블록만 더 가면 올리브아파트다.

"나 피시방 갈 돈 없어."

"나 돈 있어. 오늘은 내가 낼게."

"오! 대박! 그럼 고맙지. 야! 학교 일찍 끝나니까 엄청 좋아. 우리 학부모 총회 자주 하라고 학교에 건의하자."

"그래, 네가 하면 되겠다! 얼른 건의해 주라."

"네가 해! 교장 샘한테 전화 걸어, 전화."

그러자 시후가 낄낄대면서 해강이한테 헤드록을 걸었다. 하나도 웃긴 상황이 아닌데 둘은 마주 보며 웃고 난리가 났다. 어이가 없어서 나도 웃었다. 그러다 은유랑 눈이 마주쳤다. 은유도 웃고 있었다.

"학교에 건의한다니까 생각났는데, 작년 우리 반에 건희라는 애 있었다."

해강이가 말했다.

"이건희? 그 재벌 회장이랑 같은 이름?"

"응, 그런데 걔는 박건희였어!"

"우리 반에는 연아라는 애 있었는데. 그치, 은유야?"

"걘 김연아가 아니라 박연아였잖아."

은유가 계속 웃음을 띤 채 말했다. 나도 모르게 은유를 보다가 또 눈이 마주쳤다. 나는 재빨리 은유 뒤쪽의 개나리를 보는 척했다.

아이들의 빙구 맹구 같은 얘기를 들으며 걷다 보니 어느새 올리브아파트로 들어섰다. 우리 동네 부자들만 산다는 고급 아파트. 봄이면 하얀 꽃을 피워 내는 벚나무들이 심겨 있고, 단지 내에 수영장도 있고, 독서실도 있다는 바로 그 아파트.

은유네 집은 7층이었다. 우리는 신발이 어지럽게 널린 현관에 들어섰다.

살다 살다 이렇게 넓은 집은 처음 봤다. 해강이도 대박! 대박! 소리를 지르며 집 구경하기 바빴다. 그런데 은유네 집은 드라마에 나오는 근사한 집들과는 사뭇 달랐다. 넓은 거실에 있을 건 다 있는 듯 보였지만, 패브릭 소파는 너무 낡았고 거실 창가에는 에어컨과 실내 자전거만 덩그러니 있을 뿐, 그 흔한 행운목 화분도 하나 없었다. 장식이라고 내세울 만한 건 거실 책장 사이에 놓인 고풍스러운 시계 하나였다.

벽에는 노은유의 유치원 졸업 기념 가족사진이 걸려 있었다. 젊은 은유의 부모님과 어린 은유가 활짝 웃는 사진. 행복해 보였다.

"집이 좀 지저분하지?"

은유가 말했다.

"집에 아무도 없어? 어른 안 계셔?"

해강이가 말했다.

"아빠는 저녁에나 오고, 도우미 이모는 일주일에 세 번 오시는데 오늘은 안 오시는 날이야."

은유가 밝은 목소리로 대답하자 해강이가 물었다.

"엄마는? 엄마는 직장 다니셔?"

그 말에 은유는 대답 없이 눈을 내리깔았다. 아! 바로 이거구나. 뭘 물으면 대답이 느리거나 질문을 씹는 것. 내 친구들이 은유를 싫어하는 이유 중 하나다. 그때였다.

"야! 일단 먹고 하자. 배 속에서 빵 달라고 난리다."

시후가 소리치며 끼어들었다. 우리는 거실 소파 테이블에 앉아서 사 가지고 온 빵을 순식간에 먹어 치웠다. 해강이는 아쉬운지 빈 빵 봉지의 가루를 털어 먹었다.

"떡볶이 먹을래?"

은유가 물었다.

"좋지!"

"떡볶이 있어?"

"금방 만들어 줄게."

아이들이 반색을 하자 은유는 주방으로 갔다. 우리는 우르르 따라 일어섰다. 은유는 냉장고에서 떡을 꺼냈다.

"금방이야. 프라이팬에 떡 넣고, 소스 넣어 끓이기만 하면 돼."

정말이었다. 은유는 익숙한 손놀림으로 순식간에 떡볶이를 완성했고, 우리는 빛의 속도로 그것을 먹어 치웠다.

그리고 딸기를 먹으며 이런저런 수다를 떨었다. 늘 이렇다. 과제한다고 모여 봤자 잡담만 한다. 모둠 과제에 관한 얘기는 전체 수다 중 10퍼센트나 될까? 당장 모임하자고 들들 볶아 대던 시후가 제일 많이 떠들었다. 초반에는.

사실 나중에는 나 혼자 떠들었다. 밤에 이불 킥을 할 게 분명하다. 내가 왜 그랬는지 모르겠다. 치과 간다던 거짓말과 은유를 불편해하는 속마음을 들킬까 봐? 아님 수다 못 떨어서 죽은 귀신에 빙의했나? 하여간 뇌의 필터를 거치지 않은 아무 말들이 마구 쏟아져 나왔다. 어떤 자리에서도 이렇게 말이 많았던 적이 없었다.

그런데 그 애들 탓도 있었다.

"내가 좀 유명했잖아. 쇼트커트 때문에."

내가 이런 말을 했더니 시후가 냉큼 대답했다.

"그랬지. 너 머리 짧은 거 유명했지. 다른 반인 나도 들었으니까."

정말인가? 농담으로 한 말인데 내가 유명했다고? 처음 듣는 얘기다.

"그때 썸 타던 남자애가 있었는데, 걔랑 잘 안 됐어. 처음에 그애가 나를 먼저 좋아했거든. 그런데 내가 다가가니까 또 냉랭해지는 거야. 밀당한 거지. 짜증 나서 홧김에 그냥 머리를 잘랐지 뭐. 그런데 머리를 자르고 나니까, 그 애가 나한테 다시 친한 척하는 거야. 하긴 쇼트커트를 해도 내가 좀 예쁘긴 하지."

으악! 이건 말이 아니라 똥이다, 똥! 그런데 나의 이런 말 같지도 않은 수다에 은유와 시후, 해강이는 고개를 끄덕였다. 야유가 쏟아져야 할 타이밍에도 말이다. 뭐지? 표정도 진지했다. 내가 진짜 예쁘다고 생각하는 건가?

내내 그랬다. 나 혼자 침 폭탄을 발사하며 떠들었고, 해강이와 은유는 내 말을 잘 들어 주었다. 시후는 식곤증 때문인지 이따금 하품을 했다. 그렇지만 내 말에 아무런 제동도 걸지 않았다.

결국 모둠 과제 첫 모임은 나의 독무대로 끝났다. 과장과 허풍, 아무 말 대잔치. 부끄러웠다. 그리고 후련했다. 10년 묵은 체증이 다 내려가는 거 같았다.

나의 변호사

해강이, 시후와 올리브아파트 입구에서 헤어졌다. 나는 엄마한테 가려고 버스 정류장으로 향했다. 실시간 버스 안내 전광판에 내가 탈 버스가 곧 도착한다고 나와 있었다. 잠시 후 도착한 버스는 하교하는 고등학생들로 만원이었다. 버스 타기를 포기했다. 그래 봤자 세 정류장이다.

저층 상가가 밀집되어 있는 거리를 걸었다. 미세먼지도 없는 늦은 오후, 거리에 봄 공기가 가득했다. 회화나무 가로수에는 연한 초록 새순이 솟아났다. 내 옆으로 우리 학교 교복을 입은 아이들이 휙 지나더니 편의점으로 들어갔다. 삼겹살집은 문을 활짝 열어 놓고 청소를 하고 있었다. 미장원을 지나 동물병원에서 골목으로 접어들었다.

이 거리, 눈 감고도 지도를 그릴 수 있다. 공인중개사 옆에는 우체국, 그 옆 상가에는 옷 가게와 금은방이 있다. 교회와 어린이집이 있는 뒷골목에는 목요일이면 어김없이 순대 파는 트럭이 나와 손님을 부른다. 나는 이 동네에서 나고 자랐다. 내 감수성의 8할은 이 동네에서 만들어진 것. 그래서 잘 안다. 삼겹살집은 2년 전에 감자탕 가게였고, 동물병원은 바비큐치킨을 팔던 곳이었다.

아까부터 자꾸 노은유가 눈에 밟혔다. 은유의 그 눈빛. 시후가 학원 갈 시간이 되었다고 해서 우리는 함께 은유 집에서 나왔다. 은유도 따라 나왔다. 문이 닫힐 때까지 엘리베이터 밖에서 은유가 손을 흔들었다. 안경 너머로 아쉬워하는 눈빛이 역력했다. 피시방도 포기하며 꽤 오랫동안 시간을 보냈는데도, 은유는 우리가 더 놀다 가기를 원하는 것 같았다.

어쩐지 짠해 보였다. 그리고 심란했다. 내 친구들은 무엇 때문에 은유를 미워할까. 진짜 이유가 뭘까.

걷다 보니 어느덧 지하철역까지 왔다. 3번 출구 휴대폰 매장을 돌아 다시 뒷골목으로 들어갔다. 작은 간판이 금방 눈에 띄었다. '간이역 우동'. 나는 문을 열고 들어갔다.

"어? 연락도 없이?"

파를 다듬던 엄마가 반가운 목소리로 말했다. 문자도 없이 그냥 와서 하는 말이다. 아빠가 돌아가신 뒤 엄마는 우동 가게를 열었다. 테이블 세 개짜리 낡고 허름한 가게, 그래도 맛은 좋다고 소문났다.

"그냥. 그런데 지금 이 음악, 뭐더라? 제목이 맨날 헷갈려."

"〈히브리 노예들의 합창〉."

맞다. 베르디의 오페라 〈나부코〉에 나오는 곡이랬지. 그런데 알아서 뭐 해. 진지충 소리나 들을걸.

"지금쯤 학부모 총회 끝났겠지? 못 가서 내내 찜찜하네. 네가 오지 말라고 해서 안 가긴 했다만, 갔다 와서 가게 문 열어도 되는데."

엄마가 다듬은 파를 플라스틱 소쿠리에 담으며 말했다.

"괜찮아. 어차피 학부모회 임원이 될 것도 아니고, 급식 모니터링이나 도서관 봉사 할 형편도 아니잖아."

내 말에 엄마가 웃었다. 엄마는 쉴 틈 없이 바빴다. 파를 씻어 소쿠리에 건져 놓고는, 선반에 있던 멸치 박스를 갖고 왔다. 엄마와 나는 마주 앉아 멸치 똥을 발라내기 시작했다.

"나중에 공개수업 때 오든지. 그때는 수업 참관만 하고 가도 돼."

내가 말했더니 엄마가 고개를 끄덕였다.

"그러자. 그런데 다현아, 학원 다녀 볼래? 영어는 인터넷 강의로 보충한다지만, 수학은 좀 어렵다며?"

"수학도 방과 후 학교 곧 시작할 거야. 그거 들으면 돼."

"그래도 엄마는 불안하다. 주변에 봐도 학원 안 다니는 애는 너밖에 없어."

"아닌데. 우리 반에 공부 잘하는 애 있는데, 노은유라고. 걔도 학원 안 다녀."

내 입으로 노은유를 말하다니, 뜨끔했다. 은유는 여전히 우리 친구들의 밉상 2위다.

"엄마! 나, 다시는, 죽어도, 은따 같은 건 되기 싫거든."

뜬금없이 내 입에서 이 말이 튀어나왔다. 그사이 신문지 위에 멸치 똥이 수북이 쌓였다. 간이역 우동이 나름대로 잘되는 이유는 육수 때문이다. 엄마는 이렇게 내장을 발라낸 멸치로 우동 국물을 낸다.

"당연하지! 이런 매력덩이를 누가 은따시키겠어?"

"그래도 당할 수 있지. 어떻게 장담해."

엄마는 잠시 말이 없었다. 그리고 비장한 어투로 말했다.

"은따시킬 테면 시키라고 해. 너랑 친구 못 하면 자기들만 손해지 뭐. 둘러보면 좋은 친구들이 얼마나 많은데. 그리고 친구 왕따시키고, 은따시키는 그런 인성 가진 애들이랑 어울리느니 차라리 혼자가 나아."

말이야 쉽지. 엄마는 늘 이런 식으로 말한다. 내가 잘난 체 대마왕이 된 데는 엄마 영향이 크다.

그때 아저씨 한 명이 문을 열고 들어왔다. 그사이 음악은 바뀌어 〈호프만의 뱃노래〉가 조용히 흘러나왔다. 엄마와 나는 익숙하게 의자에서 일어났다. 내가 물병과 컵을 챙기고 주문을 받는 사이 엄마는 제면기에서 면을 뽑았다.

손님이 있는 동안은 엄마랑 편하게 대화할 수가 없다. 기회를 노렸지만 혼자 온 손님이 나가자 다시 고등학생 네 명이 들어왔다. 그리하여 엄마한테 하고 싶었던 얘기는 서두도 못 꺼냈다.

저녁에 아르바이트하는 아줌마가 왔다. 그러자 엄마는 집에 가서 숙제나 하라며 등을 떠밀었다. 나는 우동 한 그릇을 먹고 가게를 나왔다.

어둠이 내린 거리에 상점마다 불이 켜졌다. 약국과 옷 가게, 아이스크림집, 안경점이 있는 상가를 지나, 버스 정류장을 그냥 지나쳤다. 엄마한테는 집에 갈 거라고 말했는데 가기 싫었다. 그냥 걸었다. 뒷골목만 아니면 이 시간 큰 거리는 안전한 편이다. 어디로 가지? 아니다. 누구한테 가지?

해결해야 할 숙제가 있다. 엄마랑 얘기를 하고, 손님한테 서빙을 하는 와중에도 그 생각만 했다. 친구들한테 이 일을 어떻게 해명하지? 노은유네 집에 갔다는 사실을 알면 친구들이 기절할 텐데. 점점 걱정이 깊어졌다.

가장 간단한 방법은 전후 사정을 자세히 적어 단톡방에 올리는 거다. 그런데 동물적인 감각으로 알았다. 이 일은 단톡방에 올릴 사안이 아니라는 걸. 가벼운 수다처럼 툭 던지듯 잘 쓸 자신이 없었다. 그러다 끝내 무플이면 어쩌려고. 나는 무반응을 감당할 용기가 없다.

이런 일은 직접 만나서 얘기해야 한다. 그런데 어떻게 말하지? 할 얘기가 있으니 다 모이라고 말하나? 이게 친구들을 소집할 만큼 중요한 일인가? 또 있다. 단체로 말하든, 한 명 한 명 만나서 말하든, 중요한 건 무슨 말을 할까 하는 것이다. 과제 때문에 어쩔 수 없었다고 말해 봤자 씨알도 안 먹힐 것이다. 특히 아람이한테는 더욱더.

사실 제일 먼저 은유를 미워한 건 아람이었다. 원래 그렇다. 누구 한 명이 '그 애 좀 이상하지 않아?' 이렇게 씨앗을 뿌리면, 다른 친구들은 '이상하지, 완전 이상해.'라며 싹을 틔운다. 그다음부터 나무는 알아서 자란다. '좀 이상한 그 애'로 찍혔던 아이는 나중에 어마어마한 이미지의 괴물이 되어 있는 것이다.

어렴풋이 느꼈다. 은유는 우리가 소름 끼치게 싫어할 정도로 이상한 아이가 아닌 것 같다고. 그렇다고 냉큼, 알고 보면 은유도 괜찮은 아이야! 라는 말을 할 수도 없다. 1학년 때 은유와 아람이 사이에 무슨 사연이 있는지 내가 모르니까.

머리가 터질 거 같았다. 엄마랑 이야기하면 뭔가 해결의 실마리가 보일 줄 알았다. 그런데 늘 그렇듯 엄마랑 충분히 얘기할 시간이 없다. 엄마한테 문자를 보낼까? 이것도 엄두가 안 났다. 문제가 너무 복잡하다 보니 몇 마디 문자로 정리할 수도 없다.

에라 모르겠다, 될 대로 되라지.

화장품 가게에 들어갔다. 언제나 만만하게 들어갈 수 있는 곳. 머리 터질 때는 쇼핑이 제일이다. 아까 엄마한테 용돈도 받았다.

가게에는 고등학생들이 많았다. 나는 테스트용으로 구비된 아이섀도랑 립스틱을 이것저것 발라 보았다. 그리고 이천 원짜리 핑크색 틴트를 골라 계산대 앞에 섰다.

그때 섬광처럼 좋은 생각이 떠올랐다. 나는 다시 립 코너로 가서 오렌지색 틴트를 집어 들었다. 설아의 매력적인 까무잡잡한 피부에는 오렌지색이 어울린다. 설아를 만나야겠다. 언제나 내 편인 권설아. 나의 변호사.

나는 설아가 가장 편하다. 설아는 내 말을 꼬아서 듣는 법이 없다. 친구들한테 나를 소개한 아이도 권설아고, 자잘한 문제에서도 설아는 언제나 내 편을 들어 주었다. 나는 설아의 일과를 훤히 꿰고 있다.

화장품 가게를 나와 서둘러 걸었다. 초록불로 바뀐 횡단보도에서는 뛰었다. 설아가 학원 차에서 내릴 시간이 다 되었다.

헐떡이며 설아네 아파트 입구에 도착했더니 아직 시간이 조금 남았다. 길이 막힌다면 10분 정도 더 기다려야 할 테지만 까짓 괜찮다. 밤이 되니 조금 추웠다. 나는 제자리에서 콩콩 뛰며 차가 오는 방향을 바라보았다. 자동차들이 줄지어 아파트 단지 안으로 들어갔고, 학원 버스들은 입구에서 아이들을 내려 주고 있었다.

한눈에 알아보았다. 저 멀리서 설아네 학원 버스가 천천히 오고 있었다. 나는 뛰기를 멈추고 기다렸다. 조금 있으니 노란 버스에서 설아가 내렸다.

"설아야!"

내가 큰 목소리로 불렀다. 두리번거리던 설아가 나를 발견하고는 깜짝 놀라는 표정을 지었다.

"헐! 여기 어쩐 일이야?"

설아가 환히 웃었다. 설아는 자기 엄마한테 전화를 걸어 나랑 조금 얘기하다가 들어가겠다는 말을 했다. 우리는 아파트 상가에 있는 떡볶이집으로 갔다. 아까 우동을 먹었는데도 떡볶이 냄새를 맡으니 다시 배가 고팠다.

"와! 색깔 예쁘다. 안 그래도 틴트 하나 사려고 했는데, 이거 주려고 나 기다렸던 거야?"

설아가 틴트를 받아 들더니 소리를 질렀다. 그러고는 가방에서 거울을 꺼내 틴트를 발랐다.

"나 어때? 어울려?"

"완전 예쁘다. 너, 오렌지색 잘 어울려. 스프링걸 화보 찍어도 되겠어."

내가 너스레를 떨자 설아가 깔깔대며 웃었다. 설아는 틴트를 바른 입술이 마음에 드는지 계속 거울을 쳐다보았다. 입을 쑥 내밀었다가, 볼에 바람을 넣었다가, 연예인처럼 이쪽저쪽 얼굴을 돌려 가며 미소도 지었다. 나는 그러는 설아가 귀여워서 웃었다. 그때 주문한 떡볶이가 나왔다.

"마지막 손님이라 많이 준 거야."

주인아줌마가 접시를 내려놓으며 말했다. 평소보다 양이 1.5배는 많았다. 그러고 보니 손님은 우리밖에 없었다.

"완전 맛있다."

떡볶이를 한 점 먹더니 설아가 들뜬 목소리로 말했다. 하긴 이 시간까지 학원에 있었으니 배가 고팠을 것이다. 떡볶이는 평소보다 훨씬 매웠다. 우리는 후후 불며 연신 물을 들이켰다. 설아가 계속 맛있다 맛있다 소리를 하니, 주인아줌마가 팔다 남은 거라며 고구마튀김도 갖다주었다. 설아가 튀김을 떡볶이 국물에 넣어 범벅을 만들었다. 배가 부른데도 군침이 돌았다. 그때였다.

"오늘 은유네 집에 갔었어. 노은유네 집."

아무렇지도 않은 듯 말해 버렸다. 분위기가 좋아서였는지도 모르겠다. 말을 내뱉고 나니 괴로웠던 마음도 입 밖으로 빠져나간 것 같았다. 설아는 눈을 동그랗게 뜨고 놀란 표정으로 나를 바라보았다.

"왜?"

"모둠 과제 때문에 어쩔 수 없었어. 아람이랑 병희가 가지 말라고 해서 안 가려고 했는데, 빵집에서 딱 걸렸어."

설아가 포크를 입에 문 채 2초쯤 있더니 입을 열었다.

"그랬구나. 어쩔 수 없었겠네. 그런데 아람이가 좀 싫어하겠다. 아람이랑 병희한테는 말했어?"

"아니. 사실은 너한테 처음 말하는 거야. 좀 겁이 나."

목소리가 떨렸다. 엄마가 말했었다. 복잡한 문제일수록 정직이 최선이라고. 이런 경우 괜히 눈치 보면서 모면하려고 들면 상황이 더 꼬인다.

"겁날 게 뭐 있어? 우리가 너 잡아먹기라도 할까 봐?"

설아가 말했다. 그런데 그 말의 뉘앙스가 묘했다. 아람이와 병희라고 하지 않고 왜 '우리'라고 하지?

"오해할까 봐 그러지. 어쨌든 아람이하고 병희한테 말해야지. 미소한테도. 그런데 어떻게 말하지?"

"그냥 솔직하게 말해. 내가 도와줄게. 아니다! 지금 톡방에 올리자. 톡으로 서로 대화하지 뭐."

설아가 시원시원하게 말했다. 그러니 조금 안심이 되었다.

밉상 지수

설아 덕분에 그 일은 무사히 넘어갔다. 단톡방에서 설아가 나 대신 말을 많이 해 주었다. 요지는 이거였다. 이건 수행 과제일 뿐이다. 모둠 과제를 같이하더라도 다현이가 노은유랑 친해질 일은 없을 거다.

나는 이 기회에 과제에 참여하고 싶은 이유를 말하고 싶었다. 나는 우리 동네를 사랑한다고, 나중에 어른이 되어서 이곳을 떠나게 되더라도 늘 그리워할 거라고, 그래서 마을신문을 정말 잘 만들고 싶고, 이왕이면 상도 타고 싶다고. 물론 이 말을 할 틈은 없었다. 대신 아람이가 은유네 집이 어떻더냐고 물어서 그 얘기를 주로 했다.

- 좀 지저분하더라. 평수만 넓지, 드라마에 나오는 집처럼 근사하지도 않아. 은유 방도 완전 폭탄 맞은 거 같더라. 내 방보다 훨씬 너절해. 나도 정리

정돈 잘 못하는데, 은유는 완전 울트라급이야. 교복은 옷걸이 대신 의자 위에 걸어 놓더라. 책들은 방바닥에서 마구 굴러다니고. 책상 위도 지우개 가루가 수북해. 오후 9:50

친구들의 반응이 쉴 새 없이 올라왔다.

- 지우개 가루, 그거 기본적으로 치워 줘야 하는 거거든. 오후 9:51

- 완전 이중적이네. 학교에서는 세상 모범생인 척하면서. 오후 9:51

- 모범생이어도 지저분할 수 있잖아. ㅋ 오후 9:52

- 그래도. 노은유가 집에서 거지같이 사는 줄 누가 알겠냐고! 내 방이 그 꼴이면 우리 엄마 아빠는 폭풍 잔소리 5절까지 늘어놓을걸. 오후 9:53

- 집에 아무도 없긴 했어. 오후 9:53

- 걔네 엄마는 무슨 일 하는데? 오후 9:54

- …… 오후 9:54

- ??? 오후 9:54

- 누구 아는 사람! 오후 9:55

- 나도 몰라. 오후 9:56

- 걔네 아빠에 대해서는 좀 아는데. 오후 9:57

- 아빠는 잘 알지. 오후 9:58

- 유명하지 아주. ㅋㅋㅋㅋ 오후 9:58

뭘까? 이 대화는. 은유 아빠에 관한 이야기는 금시초문이었다. 눈치 없는 척하고 물어볼까 하다가 말았다.

다음 날은 전국에 미세먼지 주의보가 내렸다. 집에서 나올 때 엄마가 마스크를 챙겨 주었다.

"왜 두 개나?"

"하교할 때 또 써야 하잖아. 예보 보니 하루 종일 미세먼지 나쁨이야. 등교할 때 쓴 건 학교 가면 버려."

개나리 울타리가 있는 등굣길에도 마스크를 쓴 아이들이 많았다. 5교시가 체육인데 교실에서 하겠지. 이런 생각을 하며 걷는데 누군가 내 등을 탁 쳤다.

"살살 쳐라. 아프잖아."

내가 소리쳤다.

"뭘 그 정도 가지고 그러시나."

시후가 장난스럽게 말했다. 몹시 친한 척하는 말투다. 시후는 어제 모임에서 내가 정신줄 놓고 떠든 걸 개의치 않는 듯 보였다. 다행이다.

"난 우리 모둠 진짜 마음에 들어. 야, 내가 1학년 때 모둠 과제 할 때 어땠는지 아냐?"

시후가 큰 소리로 말했다. 저 목구멍으로 미세먼지가 잔뜩 들어갈 텐데 싶었다. 나는 주머니에서 마스크를 꺼내 시후에게 건넸다.

"괜찮아. 학교 다 왔는데 뭘."

"학교 다 오기는? 한참 남았구먼. 그냥 써."

이렇게 말하고 나니 내가 꼭 시후 누나 같았다. 시후는 내 말에 순순히 마스크를 받아 들었다.

"그때 모둠 애들이 나 빼고는 원래 친한 애들이었어. 그러거나 말거나 과제하는 데 무슨 상관이냐 싶었지. 그런데 이건 뭐, 내가 졸지에 멍청이가 된 거 같더라고. 나도 꽤 준비를 해 갔었거든. 그런데 그 애들은 내가 의견을 낼 때마다 그게 아니라고 반박하는 거야."

"왜?"

"모르지! 내가 과제 망치자는 말 했나? 그러면서 어쩌고저쩌고 자기들끼리만 결론을 내리는 거야. 그래서 나도 동의한다고 했더니, 이번에는 단체로 또 그게 아니래."

"왜? 뭐가 아니래?"

"내 말이! 과제할 때 내내 그랬어. 내가 무슨 말을 하면 자동으로 그게 아니래. 결국 포기했잖아. 어차피 의견을 내도 받아들일 생각도 없고, 말해 봤자 시끄러워지기만 할 거라서. 나중에는 그 애들이 하자는 대로만 했어."

"아이고!"

"그래서 모둠 생기면 겁부터 나. 친한 애들끼리 뭉치면 나머지는 기름처럼 겉돌게 되잖아. 그런데 이번 우리 모둠은 환상이야. 다들 얘기 잘하고, 잘 들어 주고, 성격도 좋고…… 다 좋은 애들 같아. 게다가 그 대단한 노은유도 우리 모둠이고."

시후 목소리가 너무 컸다. 마스크 때문에 더 크게 말하는 것 같았다.

"참! 해강이 엄청 귀엽다. 너 모르지? 해강이는 동네 고양이들 주려고 맨날 삶은 멸치를 가지고 다닌대."

시후 목소리는 내내 경쾌했다. 아침부터 뭐가 그리 신날까? 그런데 아까 그 말은 뭐지? 노은유가 대단하다고?

"내가 어제 계획을 좀 짜 봤거든. 우리 모임 또 언제 하지? 교실에 가서 애들이랑 얘기해 보자."

학교 현관으로 들어가서도 시후는 말을 멈추지 않았다. 그때였다. 마스크를 벗는데 뒤통수에서 시선이 느껴졌다.

현우였다. 정현우. 내가 짝사랑하는 아이.

언제부터 우리를 보고 있었을까? 설마 나랑 시후 사이를 오해하지는 않겠지? 괜한 걱정인 줄 알지만 머리가 하얘졌다.

현우는 작년 2학기 방과 후 논술 교실에서 만났다. 첫눈에 반

한 건 아니고 차츰차츰 눈에 들어온 아이다. 샴푸 때문인지 그 애한테서는 늘 좋은 향이 났다. 여태까지 아무 일 없었고, 그냥 나 혼자 좋아한다. 현우는 볼 때마다 키가 커져 있다. 운동장에서 그 애가 농구하는 모습을 보는 날이면 하루 종일 가슴이 뛴다.

그런데 현우는 인기남이다. 내가 현우를 좋아한다고 말하면 이런 반응이 쏟아질지도 모른다. 다현이 너 따위가 현우를 좋아한다고? 주제도 모르고!

3교시 때 기분이 이상했다. 쉬는 시간에 화장실에 가니 빌어먹을, 생리가 시작됐다. 큰일이다. 생리대가 없다. 휴지를 둘둘 두껍게 말아 임시방편으로 썼다. 양이 적은 첫날이니 운이 좋으면 이걸로 버틸 수 있지만…… 아니다! 대책을 세워야 했다.

보건실에 가기는 싫었다. 보건 선생님은 생리대 하나 주면서 속사포 랩을 쏟아 낸다는 소문이 자자했다. 아이들은 보건 선생이 자기 돈으로 생리대 사 주는 것도 아니면서 생색을 너무 낸다고 했다.

교실에 들어와서 아람이와 병희한테 갔다. 소곤소곤 물었다.

"혹시 생리대 있어?"

둘 다 고개를 절레절레 흔들었다. 순간 보았다. 아람이가 나를 바라보는 시선. 한심하다는 듯.

아람이는 호불호의 표현이 강한 편이다. 그냥 좋고 대충 싫은 법이 없다. 좋으면 엄청, 되게, 완전 좋고, 싫으면 울트라급으로 싫다고 말한다. 내가 친구가 아니었다면 대놓고 경멸했을 것이다. 하긴 당연히 비상용 생리대를 갖고 다녀야 했다. 불규칙한 생리 주기는 핑계도 안 된다.

자리로 돌아와 책상에 엎드렸다. 4교시 내내 불안하고 우울했다. 점심시간 때는 밥도 먹기 싫었다. 일단 몸을 움직이면 생리혈이 얼마나 나올지 몰랐다.

"너 밥 안 먹냐?"

우리 차례가 되었는데도 내가 꼼짝을 않으니 시후가 물었다.

"응. 입맛이 없어."

"그래?"

해강이와 시후, 은유는 나를 슬쩍 쳐다보고는 앞으로 나갔다. 그리고 잠시 후 고문이 시작되었다.

책상에 엎드려 있는데 닭갈비 냄새가 솔솔 났다. 배가 고팠다. 참지 못하고 고개를 들어 보니 진짜 닭갈비였다. 지금이라도 식판 들고 나가서 급식 받아 올까? 움직이다가 생리혈이 나오면 어떡해. 이런 고민을 하는 사이 배식을 끝낸 당번이 식판을 들고 자기 자리로 가고 있었다.

나는 시후의 등을 톡톡 두드렸다. 시후가 뒤를 돌아보았다.

"닭갈비 맛있냐?"

"응. 엄청!"

시후는 이렇게 말하더니 다시 밥 먹는 데 열중했다.

"먹어 볼래?"

은유가 닭갈비 한 점을 내밀었다. 고민하고 자시고 할 틈이 없었다. 나는 냅다 입을 벌렸고, 은유가 닭갈비를 내 입에 넣어 주었다. 달짝지근하고 매운 육즙이 입 안에 퍼졌다. 닭갈비만 먹다가 죽어도 여한이 없을 거 같았다.

"왜 점심 안 먹어? 다이어트해?"

은유가 물었다. 나의 눈길은 계속 노은유 식판에만 가 있었다. 잡곡밥에 홍합미역국, 메추리알장조림, 푸짐한 닭갈비, 김치도 내가 좋아하는 겉절이였다.

"다이어트는 무슨, 내가 뺄 살이 어디 있다고."

허기지다 보니 아무 말이나 막 해 버렸다. 말해 놓고도 웃겼다.

"그럼 왜? 어디 아파?"

은유가 또 물었다. 제발 그만 좀 물어라. 이렇게 눈치가 없으니 내 친구들이 널 싫어하는 거야. 이런 말이 튀어나오려고 했다.

"속이 안 좋은 거야?"

"아니! 아니라고!"

나는 괜히 신경질을 냈다. 그때 해강이가 가방을 뒤지더니 나무젓가락 하나를 꺼냈다. 그리고 뒤를 돌아 나에게 내밀었다.

"이거. 컵라면 먹을 때 비상용으로 갖고 다니는 거야. 같이 밥 먹어. 오늘 닭갈비 완전 맛있어."

나는 못 이기는 척 젓가락을 받았다. 해강이와 시후가 식판을 우리 자리에 옮겨 놓았다. 책상이 좁아서 식판을 세로로 세 줄 놓았다. 나는 은유와 해강이, 시후 식판에 있는 밥과 반찬을 골고루 얻어먹었다. 뺏어 먹는 주제에 너무 많이 먹지 않으려고 노력했는데, 보아하니 내가 제일 많이 먹은 거 같았다.

점심시간의 교실은 너무 시끄러웠다. 미세먼지 폭탄인 이런 날씨에도 운동장에 나가 축구하는 아이들이 있지만, 대부분은 교실에서 거의 발광을 했다. 뭘 하는지 시후와 해강이는 복도에 나가 있었고 나는 다시 책상에 엎드렸다. 그때 은유가 내 귀에 대고 속삭였다.

"혹시 생리야?"

아! 정말, 노은유 너! 눈치가 발바닥이구나. 그렇지만 생각과 달리 나는 고개를 들어 이렇게 물었다.

"응. 혹시 생리대 있어?"

"있어."

은유가 가방에서 파우치를 꺼냈다. 도와줘서 뭔가 뿌듯한 표정이었다.

아람이와 병희는 학원 특강 때문에 일찍 가 버렸다. 나는 이번 주 청소 당번이어서 교실을 나올 때는 학교에 아이들이 별로 없었다. 그런데 복도에서 설아를 만났다. 우리는 두 손을 잡고 팔짝팔짝 뛰었다.

"완전 기분 좋아."

설아가 말했다. 오늘 내가 준 틴트를 바르고 나왔더니, 예쁘다는 말을 많이 들었다고 했다. 나도 덩달아 기분이 좋았다.

우리는 학교를 빠져나와 시내버스를 탔다. 설아 수업 시작하기 전까지 학원 근처에서 놀기로 했다. 도착하니, 대로 한쪽에 노란 학원 버스들이 즐비했다.

"참! 노은유도 학원 안 다닌다며? 우리 동네 학원이 후져서 안 다니나?"

설아가 말했다. 우리는 컵밥집 창가 테이블에 마주 앉았다. 이 건물 6층에 설아가 다니는 영어 학원이 있다. 창밖, 미세먼지로 뿌연 거리에는 마스크를 한 학생들이 많이 지나다녔다.

설아는 마요참치밥, 나는 불닭볶음밥을 주문했다. 점심때 닭갈비를 양껏 못 먹었더니 또 닭고기가 먹고 싶었다. 돈은 내가 냈다. 용돈도 두둑했고, 설아한테 사 주고 싶었다.

"우리 동네 학원이 후져?"

"강남보다는 후지겠지."

"무슨 말이야?"

"너 몰랐어?"

설아가 눈을 동그랗게 뜨고 물었다.

"은유 강남에서 전학 왔잖아. 작년 초에."

은유가 전학생이라는 건 나도 안다. 강남에서 전학 왔다는 것도. 그런데 지금은 시민중학교, 우리 학교 학생이다. 대체 노은유를 따라다니는 강남 전학생 꼬리표는 언제쯤 떨어질까. 은유가 강남으로 학원 다니는 것도 아닌데. 시후가 아침에 '그 대단한 노은유'라고 말한 것도 강남 전학생이어서 그런 걸까?

"강남에서 전학 와서 잘난 체했던 건가?"

그렇지만 나는 설아 장단 맞춰 주느라 이렇게 말해 버렸다. 아람이와 은유 사이가 안 좋은 이유도 알고 싶었다.

"뭐, 강남에서 전학 온 것도 있고, 은유 아빠 유명하잖아."

"그래? 은유 아빠 연예인이야?"

"아니. 변호사! 가끔 방송 출연도 하는데 몰랐어?"

그제야 친구들이 은유 아빠가 유명하다고 했던 말이 이해가 갔다.

"그런데 왜 은유더러 대단하다고 하지? 아빠가 유명한 변호사여서?"

"누가 그래? 대단하기는 개뿔! 위선자, 천하의 이중인격자가 대단하긴 뭘 대단해?"

설아가 껌을 씹듯 말했다. 당혹스러웠다. 이런 말투는 설아의 말투가 아닌데. 은유를 끔찍하게 싫어하는 건 아람이고, 설아는 그저 동조만 하는 줄 알았다.

"아람이랑 은유랑 무슨 일이 있었던 거야? 작년에 같은 반이었잖아."

내가 물었다. 설아가 저렇게 나오니 더 알고 싶었다. 설아는 어쩐지 내막을 다 알 것 같았다.

"그랬지. 1학년 때 노은유가 전학 왔을 때 아람이가 잘해 줬었지. 그런데 공부 좀 잘하고 자기네 부자라고 아람이를 그렇게 무시하더래."

"헐! 진짜?"

"자기가 잘났으면 얼마나 잘났다고."

이 대목에서 혹시 오해 아니야? 은유 별로 잘난 체하는 것 같지 않던데, 라고 말하면 나는 또 눈치 없이 선비질한다는 소리를 들을 것이다. 하긴 잘 맞는 사람이 있고, 안 맞는 사람이 있는 거니까.

우리는 컵밥을 다 먹고 탄산수를 마셨다. 컵밥집에서 계속 브

릿팝이 흘러나왔다.

"그런 데다 걔네 집 좀 이상해."

"뭐가?"

"다들 강남으로 이사 못 가서 난리잖아. 그런데 왜 돈도 많으면서 강남에서 우리 동네로 이사 오냐 이거지. 이상하지 않아?"

이해가 잘 안 갔다. 다들 강남으로 이사 못 가서 난리라고? 난 아닌데.

그때 설아가 휴대폰으로 시간을 확인했다. 수업 시간이 거의 다 되었다.

"아람이가 그러는데, 노은유 아빠 국회의원 되려고 우리 동네로 이사 온 거 같대. 다음 선거 때 우리 지역구에서 공천받으려고. 의도가 불순하지 않냐?"

설아가 나를 똑바로 쳐다보며 말했다. 국회의원, 공천, 이런 어려운 단어가 잘 접수가 안 되어 뭐라고 대답해야 할지 알 수 없었다. 내가 어리둥절해하는 사이 설아가 가방을 들고 자리에서 일어났다.

"시간 다 됐다. 컵밥 잘 먹었어."

설아가 말했다. 나는 설아가 엘리베이터를 타는 걸 보고 빌딩을 나왔다.

버스를 타고 백화점으로 갔다. 백화점 5층에 중저가 브랜드 화장품과 생활용품 매장이 몰려 있다. 나는 거기서 용돈을 거의 다 썼다. 클렌징브러시, 여드름패치, 구강청결제, 미니빗자루, 헤어롤, 이어폰, 동전지갑, 기름종이, 생리대 등등. 영수증이 길고도 길었다.

생리대 빼고는 다 친구들에게 주어야겠다. 나는 내 친구들에게 자잘한 선물 주는 걸 좋아한다. 취향이 까다로운 아람이 말고는 다들 내가 준 선물을 대체로 마음에 들어 하는 편이다.

무리하는 건 아니다. 학원 안 다니지, 간식이나 화장품 사는 것 말고는 용돈을 쓸 곳도 없지, 그러니 나는 친구들을 위해 마음껏 선물을 살 수가 있다. 생일 같은 때는 비싼 선물도 하고 싶은데, 엄마가 안 된다고 했다. 친구끼리 너무 비싼 건 부담된다면서. 뭐 꼭 비싸야만 좋은 선물은 아니니까.

쇼핑 봉투를 들고 백화점을 나왔다. 기분이 좋아야 하는데, 좀 씁쓸했다. 설아답지 않은 말투, 날 선 표정이 자꾸 떠올랐다. 은유의 밉상 지수가 한 단계 상승한 것 같았다. 내가 은유네 집에 간 것 때문에 그런가? 말은 괜찮다고 했지만 어쩌면 질투하는 걸지도. 아닌가? 에이 모르겠다. 사람의 마음을 헤아리는 건 너무 어렵다.

켜켜이 쌓인 것

친구들에게 선물을 돌렸다. 미소와 설아, 병희는 고맙다고 말했다. 다만 클렌징브러시를 받은 아람이는 이렇게 말했다.

"나, 진동브러시 있어."

그래서 내가 말했다.

"그럼 구강청결제 줄까?"

"아니 됐어. 구강청결제는 우리 슈퍼에도 쌓였어. 이 브러시는 그냥 여행용으로 쓰지 뭐."

아람이는 자주 이런다. 아람이는 우리 동네 주택가에서 가장 큰 슈퍼마켓 상가 3층에서 할아버지 할머니와 산다. 부모님은 어디 다른 곳에 사신다고 얼핏 들은 것 같다. 그런데 그 상가가 아람이네 할아버지 할머니 소유라고 한다. 덕분에 아람이는 늘 용돈이 풍족하다. 웬만한 선물에는 눈도 꿈쩍 안 한다.

이어폰은 나의 짝남 현우를 위해 산 거였다. 고무 캡이 빠진 이어폰을 끼고 다니는 걸 봤기 때문이다. 그런데 현우를 어떻게 만나지? 올해는 방과 후 논술이 폐지되었다.

참! 음악 신청하는 척하면서 줄까? 방송반인 현우는 올해부터 점심시간 방송 진행을 맡았다. 여하튼 가방에 넣고 다니며 선물을 줄 기회를 노려야겠다.

사실 친구들에게 어떤 의도를 갖고 선물한 건 아니었는데, 나중에 보니 그게 뇌물처럼 되었다. 왜냐하면 주말에 은유네 집에서 하기로 한 마을신문 편집회의에 참석하는 걸 친구들이 허락했기 때문이다. 선물 때문인지 수행평가에 들어갈 과제 모임의 당위성 때문인지는 모르겠다. 어쨌든 나는 편한 마음으로 은유네 집에 갈 수 있게 되었다.

토요일엔 아침부터 약간 설렜다.

'우리 모둠이 케미가 좋은 거 같아.'

시후 말이 맞는 거 같다. 별 시답잖은 농담을 해도 우리 넷은 잘 어울렸다. 우리 모둠에는 상대방이 하는 말을 비아냥거리거나 탁구공처럼 튕겨 내는 아이가 없었다. 물론 나는 은유와 거리를 유지하려고 애썼다. 미워하지는 못하지만 좋아하지도 않겠다는 굳은 각오.

은유네 집에 도착하니 시후와 해강이가 벌써 와 있었다. 나는 은유에게 미니빗자루를 내밀었다.

"이게 뭐야?"

"선물."

"선물?"

은유가 눈을 동그랗게 떴다. 남자아이들이 뭔데 뭔데 하면서 다가왔다. 나는 은유 귀에다 대고 속삭였다.

"지난번에 생리대 빌려줘서 고마워."

그리고 큰 소리로 말했다.

"이거 책상 위에 지우개 가루 쓸어 내는 용도로 딱 좋아."

말해 놓고 나서야 실수했다는 생각이 들었다. 자칫하면 은유가 기분 나빠할 말 아닌가. 그런데 은유는 까르르 웃었다.

"와! 진짜 고마워. 이런 걸 대체 어디서 산 거야?"

거의 감탄조였다.

기분이 이상했다. 빗자루 하나에 이렇게 감동하다니. 그것도 초등학교 때 단골 준비물이었던 건데. 내 친구들은 내가 선물을 주면 이제는 영혼이 살짝 빠진 어투로 말한다. '고마워.' 하긴 선물을 자주 받으면 식상할 수도 있겠다.

"아침은 먹고 왔어? 집에 먹을 거 많은데 뭐 좀 먹을래?"

은유가 물었다.

"당연히 먹고 왔지. 일단 회의부터 하자."

내가 말했다. 지난 모임에서 나 혼자 떠든 게 마음에 걸렸다. 이미지도 쇄신할 겸 마을신문에 대해서도 제대로 얘기하고 싶었다. 말하고 나서야 진지충 같은 멘트였나 싶어 후회됐다. 그런데 시후가 시원하게 맞장구를 쳤다.

"그러자. 나도 준비해 온 게 있으니."

시후는 가방에서 스테이플러로 찍은 A4용지를 꺼냈다.

"자료 좀 챙겨 왔어. 아무것도 없이 얘기하면 배가 산으로 갈 가능성이 많잖아."

"오! 김시후 대박인데!"

해강이가 시후를 보며 양손 엄지를 치켜들었다. 그러자 시후가 말없이 웃으며 해강이의 팔을 툭 쳤다.

"어? 이거 뭐야?"

은유가 호기심 어린 표정으로 시후에게 물었다. 해강이와 나는 은유를 따라 첫 장을 넘겼다.

"마을공동체 소개 글들 모아 온 거야. 애들아! 나 천재 같지 않냐?"

시후가 장난스럽게 말했다.

"뭐래!"

나는 자동으로 이렇게 대꾸했다. 잘난 체를 했으니 비아냥거려야 할 타이밍이었다. 그런데 은유와 해강이는 시후의 농담을 전혀 거슬려하지 않는 것 같았다.

"이거는, 담임이 동교동락 말씀하신 거 기억하지? 우리 지역에 이런저런 마을공동체가 생겨나기 시작했다고 들었거든. 시험도 출제자의 의도를 파악해야 좋은 점수를 얻잖아. 수행 과제도 마찬가지지. 마을공동체에 관한 기사가 들어가면 좋겠더라고. 내가 이 부분을 맡을게. 자료 조사도 좀 했고, 나의 모친께서 이런저런 마을 사업에 관여하셔서 내가 좀 알거든."

"오케이! 시후가 이 부분 맡으면 되겠다."

은유가 시후를 쳐다보며 말했다.

"나도 오케이! 시후 천재 맞는 듯."

나도 맞장구를 쳤다. 좀 전에 '뭐래!'라고 비아냥거린 말을 칭찬으로 만회하고 싶었다.

"야, 근데 벼락 맞고 천재 된 사람 있는 거 알아?"

천재라는 말에 생각난 듯 해강이가 시후를 쳐다보며 물었다.

"벼락? 번개가 땅으로 떨어질 때 그 벼락?"

"응. 미국 사는 사람인데, 벼락 한번 오지게 맞고 쓰러졌대. 그래서 병원에 입원했다가 깨어났는데, 와! 대박! 완전 천재가 되어버렸대. 한 번도 배운 적 없는 외국어를 유창하게 말하고, 어려운 수학 문제도 쉽게 풀고."

"어? 그거 세상에 깜짝 놀랄 일 시리즈에 나온 얘기 아니야?"

해강이와 시후가 시답잖은 대화를 더 나누는 동안, 나는 시후가 가져온 자료를 읽었다.

그 사이 은유는 주방으로 가더니 김치전을 가지고 왔다.

"해강이가 갖고 온 거야. 그새 다 식어서 전자레인지에 돌렸어."

"해강이가 김치전을 만들어 왔다고?"

내가 소리를 질렀다.

"엄마가 뭐 먹을 거라도 가지고 가라고 해서 필살기 좀 발휘했지. 내가 요리 좀 하거든."

해강이가 으스대며 말했다. 우리는 각자 젓가락을 들고 김치전을 먹기 시작했다.

"맛있어? 맛있지?"

해강이가 물었다.

"응. 먹을 만해."

"너, 요리 좀 하는구나."

은유와 시후가 해강이를 칭찬했다. 둘은 그럭저럭 맛있게 먹었다. 그런데 나는 깜짝 놀랐다. 이렇게 맛없는 김치전은 처음 먹어 봤다. 김치전이라기보다 김치를 조금 넣은 밀가루 떡 같았다. 하지만 두 장밖에 없어서 우리는 금세 다 먹어 치웠다.

"근데 마을신문 진짜 재미있을 것 같아. 우리 엄마가 갈빗집에서 일하시거든. 거기 손님들 얘기만 써도 마을신문 다 채우고도 남아."

해강이가 말했다.

"시장 입구에 있는 3층짜리 갈빗집? 엄마가 거기서 일하셔?"

내 말에 해강이가 크게 고개를 끄덕였다.

"그거 좋겠다."

은유가 말했다. 해강이는 시장 사람들 얘기를 조금 더 했고, 그러다 대를 이어 재래시장에서 장사를 하는 생선 가게 주인을 인터뷰하기로 했다.

나는 슬며시 휴대폰에 저장된 6학년 때 내가 만든 마을신문을 보여 주었다. 맛집 기사를 유심히 보던 은유가 말했다.

"이 기사 괜찮다. 재활용해도 되겠는걸."

"재활용하기에는 좀 그래. 떡집 말고는 다 없어졌어."

"떡집?"

그때 시후가 끼어들었다.

"맛집 탐방이야 늘 괜찮은 아이템이지. 그런데 조심스럽기는 해. 광고성 기사가 되기도 쉽고."

이렇게 운을 떼더니 그다음부터는 마을공동체에 대해 장황하게 늘어놓았다. 동네 도서관의 여러 프로그램들부터 이제 막 출범한 마을공동체 밥집까지.

"시후 너, 마을신문 상 타서 자사고 스펙 만들려고 그러는 거지?"

그 대목에서 내가 입바른 소리를 해 버렸다. 시후가 살짝 당황한 눈빛으로 나를 쳐다보았다.

"아닌데. 자사고 입시에 제일 중요한 건 내신이야. 수상 내역은 안 봐. 생활기록부에 수상 내역은 블라인드 처리되거든. 자기소개서에도 상 탄 얘기 쓰면 그냥 광탈이야."

"정말? 자사고 입시에 수상 실적을 반영 안 한다고? 몰랐어."

"모르는 게 당연하지 뭐. 입시가 자주 바뀌니까."

"입시에 반영도 안 된다는데, 왜 이렇게 열심이야?"

나는 여기까지 말한 다음 1초도 쉬지 않고 말을 이었다.

"참! 수행평가에 들어가지."

"수행평가도 있고, 재미있잖아."

시후가 말했다. 내가 말을 얄밉게 했는데도 시후가 진솔하게 대답하니 조금 미안했다.

"나는 우리 동네 영화 촬영지 기사를 써 볼게."

어색한 분위기를 뚫고 은유가 말했다. 우리 셋은 깜짝 놀라서 물었다.

"우리 동네에서 영화를 찍었다고?"

"응. 상업영화는 아니고 독립영화. 〈마이 네임 이즈 노바디〉라는 영화야. 혹시 들어 봤어?"

은유 말에 우리 셋 다 도리질 쳤다. 독립영화라니! 은유는 독립영화도 보는구나. 독립영화는 클래식, 문학, 역사와 더불어 진지충 소리 듣기 딱 좋은 아이템이다. 천연덕스럽게 저런 말을 하는 은유가 신기했다.

"그 영화를 우리 동네에서 찍었는데, 어디냐면, 토끼방앗간 있지? 그 골목으로 조금만 가면 보살집, 아니 점집이라 그러나? 아무튼 그 골목에서 찍었어."

"어? 우리 집 근처네."

"정말? 다현이 너 그쪽에 살아?"

"응. 나 토끼방앗간 있는 그 골목에 살아. 아까 6학년 때 쓴 맛집 기사 있잖아. 거기 나오는 떡집이 토끼방앗간이야."

은유가 우리 동네를 안다니 반가워서 나도 큰 목소리로 말했다. 그 토끼방앗간에서 만든 콩떡을 아빠가 엄청나게 좋아했다는 말도 하고 싶었는데 꿀걱 삼켰다. 아빠가 콩떡과 우유로 아침을 먹었다는 사실도, 떡집 뒤로 가면 나오는 조명 가게 아저씨가 아빠 친구였다는 사실도 당연히 말하지 않았다.

"그렇구나. 언제 토끼방앗간에 떡 사러 가야겠다. 그런데 너 그 동네 살면 혹시 보살집도 잘 알아?"

은유가 물었다.

"선녀보살? 아니, 잘 몰라."

잘은 모르지만 어쨌든 그 골목에서 점집은 유난히 눈에 띈다. 선녀보살은 슬래브 지붕이 있는 단층 주택이다. 대문에 요란한 태극 문양과 깃발들, 한쪽에는 궁합, 택일, 이사, 작명 등등이 빼곡하게 적혀 있다. 그런데 은유는 뜬금없이 왜 점집에 대해 물은 걸까?

회의를 끝내고 나니 어느덧 점심시간이 되었다. 토요일인데도 은유네 집에는 은유밖에 없었다.

"집에 김밥 많은데 먹을래?"

은유가 물었다.

"좋지!"

"응. 먹고 싶어."

우리는 신나는 목소리로 대답했다. 다들 우르르 주방으로 갔다. 거기에 김밥이 산더미처럼 쌓여 있었다.

"이거 각자 접시에 담아 들고 가자."

은유가 말했다.

"너희 김밥 장사 하냐?"

해강이가 물었다. 그러자 은유가 폭소를 터뜨렸다.

"아빠가 오늘 모임에서 등산 가셨어. 이모가 어제 재료 다 만들어 놓고 가셔서 아침에 아빠랑 잔뜩 말았지. 엄청 맛있어."

우리는 김밥을 담은 접시를 들고 거실 소파 테이블로 왔다. 계란, 당근, 시금치, 단무지, 평범한 재료만 들어갔는데도 맛이 좋았다.

은유네 거실 창밖으로 새들이 날아가는 모습이 보였다. 올리브 아파트 단지에 목련이 곳곳에 피어 있었다. 벌써 4월이다.

"선녀보살집 가 보고 싶다."

김밥을 다 먹고 소파에 앉아 있던 은유가 뜬금없이 중얼거렸다.

시후, 해강이, 내가 동시에 외쳤다.

"왜?"

"그냥. 아니, 그냥은 아니고, 가서 물어보고 싶어. 우리 엄마 어디 계신지."

은유가 덤덤하게 말했다. 깜짝 놀라서 은유를 쳐다보았다.

"엄마가 어디 계신지 몰라?"

해강이가 물었다.

"돌아가셨어."

은유가 눈을 내리깔았다. 갑자기 내 가슴이 저릿해 왔다. 언뜻 언뜻 엿보이는 은유의 서늘한 표정을 이제야 이해할 것 같았다.

"나 6학년 때 암으로. 내내 병원에 누워 있다가 돌아가셨는데…… 그냥 좀 궁금해, 이젠 안 아픈지. 저세상에는 아픈 사람

없겠지? 아빠는 이제 엄마가 편히 쉴 거라고 하시는데, 나는 추측이 아니라 진짜 확실한 대답을 듣고 싶거든. 그런 데 가면 알 수도 있잖아."

은유의 말 한마디, 한마디가 파편처럼 와서 나한테 박혔다. 저렇게 덤덤하게 말할 수 있는 경지를 나는 안다. 저 말에 실린 무게도. 그것은 말이 아니라, 켜켜이 쌓인 그리움이다.

나도 아빠가 돌아가셨다고 말할까? 그 말을 해도 될까?

"기도해 봐. 난 기도하니까 다 알겠더라. 내 사촌 동생도 죽었거든. 내가 기도했더니 응답이 왔어."

해강이가 말했다.

"어떻게? 무슨 응답?"

"응. 내 사촌 동생 잘 있다고. 천국 갔대."

해강이가 해맑은 목소리로 말했다. 그 말에 은유는 묘한 표정을 짓더니 말없이 웃었다.

안아주세요

나도 당연히 기사 한 꼭지를 맡았다. 내가 취재하기로 한 기사가 어떤 내용인지 그냥은 말할 수 없다. 이 일은 너무 신나서 거리로 뛰쳐나가 확성기에 대고 떠들어야 한다.

그날 이후 행복 바이러스 애플리케이션이 내 몸에 설치된 것만 같았다. 도대체 짜증 나는 일이 하나도 없었다. 반장이 시험 얼마 안 남았다고 조용히 하라고 소리 질러도 아무렇지도 않았다.

우리 반 어떤 아이가 나에게 말했다.

"다현이 너, 키 생각보다 안 크네? 아! 다리가 짧아서 그렇구나. 너 나중에 하이힐 신어야겠다."

놀리려고 말한 게 아니라는 건 안다. 앉은키 보고 내가 엄청 큰 줄 아는 아이들이 꽤 있다. 나에게 다리 짧다는 소리는 거의 2박 3일 동안 짜증 낼 멘트다. 그런데 나는 그 애에게 이렇게 대꾸했다.

"내가 왜? 난 운동화 신고 다닐 거야. 코튼캔디의 바니 알지? 바니도 나처럼 다리가 짧은데 춤출 때 항상 운동화 신잖아. 멋지기만 하던걸."

아! 이 말이 진정 내 입에서 나왔단 말인가. 진심으로 아무렇지도 않았다.

나는 '안아주세요'라는 안경 기부 캠페인 기사를 쓰기로 했다. 이것이 나에게 만병통치약, 행복 바이러스 앱이 되었다.

기사에 대한 의견은 노은유가 냈다. 은유는 SNS에서 '안경기부' 해시태그를 단 글들을 보여 주었다. 안 쓰는 안경을 모아 몽골, 라오스, 가나, 에티오피아 등의 나라로 보내는 운동이었다. 어떤 나라에서는 안경이 많게는 1년 치 월급을 모아야 살 수 있는 고가의 물건이라고 한다.

"우리 학교에도 현관 입구에 안경 기부함 생겼어."

은유가 말했다.

"정말? 몰랐어."

"지난주에 설치한 거 같아. 다다음 주부터는 월요일마다 등교 시간에 '안아주세요' 캠페인 할 거래. 봐 봐! 봉사 동아리에서 할 건가 봐."

은유가 열어 준 사이트는 전국 중·고등 연합 동아리 SNS였다. 거기에 연동된 SNS에 나의 짝남 정현우 것도 있었다. 방송반에

다 봉사 동아리까지, 정말이지 현우는 대단한 능력자다.

어쨌든 월요일마다 취재를 핑계로 현우와 얘기할 수 있다. 심지어 캠페인 때문에 안게 될지도 모른다! 떨리고 설레고…….

수업이 일찍 끝나는 수요일에 오랜만에 다섯 손가락 친구들과 만났다. 우리는 버스를 타고 백화점으로 갔다. 아람이가 현장체험학습 때 입고 갈 옷을 사는 데 따라간 것이다.

우리는 의류 매장이 모여 있는 층으로 갔다. 예쁜 옷들이 넘치게 많았다. 아람이는 매장마다 돌아다니며 이 옷 저 옷을 골라 입었다. 저 당당함. 부러웠다. 나는 직원 눈치 보여서 옷은 온라인 쇼핑몰에서만 사는데.

"너한테 딱이야! 잘 어울려."

"저 치마는 어때? 아까 산 티랑 잘 어울릴 거 같아."

"비싸지 않나?"

"에이, 아람이 너 옷 사라고 용돈 많이 받았다며. 하나 사."

아람이 옷 사는 일에 다들 적극적이었다. 아람이는 청바지도 샀다. 병희가 말했다.

"너 청바지 많지 않아?"

"많아 봤자 다 유행 지난 것들이야. 청바지도 유행 타. 매년 조금씩 바뀌거든."

아람이 말에 병희는 손가락으로 머리카락을 만지며 고개를 가볍게 끄덕였다.

나중에 보니 쇼핑백이 열 개는 되었다. 아람이는 자잘한 비닐백은 큰 가방에 넣었다. 그렇게 만들어도 쇼핑백이 세 개였다. 미소와 병희도 티셔츠를 한 장씩 샀다. 내가 물었다.

"무거우면 하나 들어 줄까?"

아람이는 고마워, 하면서 제일 큰 가방 하나를 내밀었다. 우리는 에스컬레이터를 타고 우르르 햄버거집으로 몰려갔다.

"어? 학원 갈 시간 얼마 안 남았다. 얼른얼른 먹고 나가자."

아람이가 말했다. 그리고 오천 원씩 돈을 내라고 했다. 내 주머니에는 삼천 원밖에 없었다.

"점심 많이 먹어서 난 안 먹어도 돼."

나는 이렇게 말하고 돈을 내지 않았다. 다른 친구들은 지갑에서 만 원짜리, 천 원짜리를 꺼내기 시작했다. 그때 아람이가 생각난 듯 말했다.

"참! 내가 토요일에 너한테 짜장라면 얻어먹었잖아. 네 거는 내가 살게."

병희한테 돈을 돌려주면서 아람이는 미소와 설아에게도 말했다.

"그냥 오늘 내가 살게. 햄버거 먹을 사람!"

나는 안 먹겠다고 했기 때문에 손을 들 수 없었다. 다행히 설아도 배가 부르다며 손을 들지 않았다.

아람이가 병희랑 같이 주문을 하러 가서 햄버거와 음료수를 사 왔다. 햄버거집에는 아까부터 계속 힙합이 흘러나왔다. 아람이, 병희, 미소는 햄버거 세트를 먹었고, 나와 설아는 프렌치프라이와 사이다만 먹었다.

"그런데 완전 짜증! 다른 데는 짜장라면 이천 원 한단 말이야. 그런데 거기만 삼천 원이야. 직접 끓여 주는 것도 아니고 컵에다 물만 부어 주면 땡인데, 왜 그렇게 비싸게 받아?"

아람이가 햄버거를 먹으며 말했다.

"앞으로 거기 가지 말자. 냄새도 엄청 났어."

"냄새가 났어? 난 모르겠던데."

"났어. 엄청 났어. 담배 찌든 냄새인가? 하여튼 아저씨 냄새였어."

병희와 미소도 한마디씩 했다. 그때 내가 물었다.

"어딘데? 어디?"

"응. 만화카페. 우리 토요일에 만화카페에 갔었거든. 너 마을신문 회의 잡혔다고 해서 우리끼리 갔어."

설아가 말했다. 그랬구나. 그런데 단톡방에서는 왜 얘기를 안 했지? 나한테도 물어봤으면 좋았을걸. 만화카페 갈 거라고 했으면 편집회의 미룰 수도 있었는데. 살짝 서운했지만 금방 괜찮아졌다. 왜냐하면 나에게는 행복 바이러스 앱이 깔려 있으니까.

"만화카페 어디? 코믹? 발바리?"

나는 아무렇지도 않은 듯 밝은 목소리로 물었다.

"코믹!"

내 말에 아람이가 짧게 대답했다.

"맞아. 거기 엄청 더러워. 그런데 짜장 컵라면이 삼천 원이나 해?"

나는 적극적으로 친구들의 대화에 끼어들었다. 코믹 만화카페는 나도 가 본 적이 있어서 할 말이 있었다.

"우리 현장학습 날도 점심 같이 먹자."

아람이가 말했다. 아람이는 쉴 새 없이 다리를 달랑달랑 흔들었다.

"그런데 짝수 반이랑 홀수 반이랑 체험학습 다른 곳으로 가잖아. 설아네랑 우리 반은 경복궁으로 갈 거야."

미소가 말했다.

"그럼 우리 찢어져야 하는 거야? 안 돼!"

아람이가 장난스럽게 소리를 질렀다.

"아니 되오! 우린 찢어질 수 없소!"

"목에 칼이 들어와도 우리는 함께한다."

다들 키득키득 웃으며 말했다. 즐겁게 떠드는 와중에 아람이가 시간을 확인하더니 벌떡 일어났다.

"어? 늦었다. 어떡해."

같은 학원에 다니는 미소도 일어났다. 병희는 머리카락을 꼬며 왼손으로 가방을 멨다. 콜라와 사이다는 절반이나 남았다.

"어쩌지? 다현아! 이 쇼핑백들 우리 집에 좀 갖다줄래? 집에 들렀다 가면 학원 지각할 거 같아서 그래."

아람이가 말했다. 나는 시원하게 대답했다.

"그래! 갖다줄게."

아람이네 집에는 설아가 동행해 주었다. 설아는 수요일 학원 수업이 저녁이라 시간이 좀 남았다.

우리는 아람이네 집에 쇼핑백을 갖다주고 근처 공원으로 갔다. 계속 걸었더니 조금 더웠다. 나는 교복 재킷을 벗어 가방에 넣었다.

미세먼지도 없는 맑은 날이어서 근린공원에는 제법 사람이 많았다. 지붕이 있는 평상에는 할머니와 아줌마 들 여럿이 앉아 있었다. 우리는 비어 있는 벤치를 찾아 공원을 돌아다녔다. 그런데 벤치마다 우리 학교 학생들, 어린아이를 데리고 나온 어른들이 자리를 차지하고 있었다.

"다른 데로 가자."

설아가 말했다. 우리는 야외 공연장 스탠드로 갔다. 작은 음악회나 시낭송회 같은 걸 하는 장소인데, 앉을 곳은 거기밖에 없었다. 설아가 가방에서 학원 홍보용 엘홀더 두 장을 꺼냈다. 우리는 그것을 깔고 앉았다.

"토요일 만화카페에서 재밌었겠다."

내가 말했다. 솔직히 궁금했다. 나 없이 네 명이서 어떤 시간을 보냈을지.

"재밌기는. 만화카페가 다 똑같지 뭐."

설아가 심드렁하게 대꾸했다. 그 말이 고맙고 또 고마웠다. 나 없는 자리가 재미있었다고 하면 속상했을 것이다.

"너는 잘돼 가? 마을신문."

설아가 나를 쳐다보며 물었다. 나도 설아가 이 질문을 해 주길 기다렸다.

"응. 우리 모둠이 케미가 좋은 거 같아. 시후가 마을신문에 엄청 적극적이야. 뭐, 수행평가에 들어가니 그렇겠지만, 마을신문 만드는 게 재미있나 봐. 참! 해강이는 볼수록 귀엽다? 회의 때 김치전까지 부쳐 왔더라. 맛은 진짜 없었지만."

설아니까 눈치 안 보고 솔직하게 말할 수 있었다.

"자기가 직접 부쳤대?"

"응."

"또 은유네 집에서 모인 거지?"

설아가 물었다. 목소리 톤은 평이했지만 어쩐지 추궁하는 것처럼 들렸다. 내가 은유네 집에서 모인다고 분명히 말했는데, 설아는 왜 모르는 것처럼 말할까?

"응. 은유가 자기네 집에서 모이자고 해서."

나는 말꼬리를 흐렸다.

"웃기는 애다. 아람이가 한번 가 보고 싶다고 했을 때는 그렇게 못 오게 하더니."

"진짜? 정말? 언제?"

"1학년 때. 아람이 부모님이 지방에 계시거든. 서울로 올라오시면 같이 살 아파트 알아보고 있었나 봐. 올리브아파트 좋잖아. 그래서 은유네 집에 한번 가 보고 싶었대. 그런데 은유가 단칼에 거절하더래. 나중에는 문자도 씹고 전화도 씹고."

"진짜, 은유 걔 왜 그랬지? 웃긴다. 그런데 아람이 부모님 아직 지방에 계시는 거 맞지?"

"그런가 봐."

설아가 허공을 쳐다보며 말했다. 파란 하늘을 가르며 새들이 날아갔다. 새순이 돋은 나무들 사이로 복숭아꽃이 가득 피어 있었다.

우리는 잠시 아무 말도 하지 않았다. 전에 없던 어색한 공기가 감돌았다. 별로 할 말이 없었다. 그러다 어떤 일이 생각났고, 그 얘기를 하다 안 해도 될 얘기까지 해 버렸다.

"안아주세요? 허그한다는 소리네. 다현이 네가 그 기사를 쓸 거라고?"

"응. 완전 멋지지 않냐? 너네 집에도 안 쓰는 안경 있으면 기부해."

"흐음…… 진짜 속마음은 딴 데 있는 거 같은데. 다현이 너, 그 동아리에 좋아하는 애 있는 거 아니야?"

설아가 익살스러운 표정을 지으며 놀렸다.

"어? 어떻게 알았어?"

"너, 아까부터 계속 콧구멍이 벌렁거려. 귀신을 속여도 나는 못 속이지."

설아가 말했다. 그래서 그만 정현우 얘기를 해 버린 거다. 헤헤.

월요일 아침부터 부산을 떨었다. 전날 잠까지 설쳤다. 아이들이 우르르 등교하는 시간이면 현우랑 눈도 못 맞추고 들어갈 수도 있다. 걱정할 일은 이뿐만이 아니다. 비라도 오면, 미세먼지가 매우 나쁨 수준이면 캠페인이 취소될 수도 있다. 나는 일찍 일어나 샤워를 하고 비비크림을 발랐다. 살구색 틴트도 발랐다 지웠다를 몇 번 했는데, 결국 틴트는 바르지 않았다.

평소보다 일찍 집을 나섰다. 우려했던 일들은 하나도 벌어지지 않았다. 날도 맑았고, 미세먼지도 보통이었다.

토끼방앗간에서 떡을 찌는 냄새가 골목에 가득했다. 어떤 아이가 자전거를 타고 내 옆을 휙 지나갔다. 우리 학교 교복이다. 나는 등교할 때는 아파트 단지 안으로 들어가지 않고 골목으로 다닌다. 친구들만 괜찮다면 같이 하교할 때도 그냥 이 골목으로 다녔으면 좋겠다. 나는 고소한 떡 냄새가 가득한 이 길이 편하다.

큰 보폭으로 걸었다. 길고양이 한 마리가 천천히 골목을 가로질렀다. 그때 교복 주머니에서 요란한 진동음이 울렸다. 휴대폰을 꺼냈다. 마침 아침 햇살이 눈부시게 내려오고 있어서 액정의 이름이 누군지 잘 확인이 되지 않았다.

"여보세요!"

상대편에서는 아무 말이 없었다. 대략 1초 후, 히히히, 하는 웃음소리가 들렸다. 뭐래? 하면서 전화를 끊으려고 할 때였다.

"나야 나! 네 뒤에 있잖아."

목소리의 주인이 누군지 금방 알아차렸다. 약 50미터쯤 떨어진 거리에서 김시후가 히죽거리며 걸어오고 있었다. 아! 똥 밟았다.

시후랑 학교까지 같이 걸어가게 생겼다. 며칠 동안 상상하고 상상했던 일이 다 틀어지는 거다. 시후는 왜 하필 이런 날 눈치 없이 친한 척할까? 둘이 같이 학교에 가면 현우가 오해할 수도 있다. 어떻게 하면 저 애랑 뚝 떨어져서 학교에 가지? 모른 체할까? 아님 바쁜 척?

"오늘 일찍 가네. 아! 맞다! 오늘 안아주세요 하는 첫날이지? 취재하려고 일찍 가는 거야?"

시후가 해맑게 웃었다. 으이구, 못 살아.

"참! 내가 마을공동체에 대해 쓰기로 했잖아. 어제 기사 쓰려고 우리 동네 도서관 홈페이지 들어가 봤는데 와! 다음 주에 사회부 기자 초청 강연 하더라. 학원 수업이랑 겹쳐서 가진 못하는데, 다현이 너, 남종수 기자라고 들어 봤어?"

"아니. 처음 들어."

나는 퉁명스럽고 짤막하게 말했다.

"특종 몇 번이나 써서 이름 좀 날린 기자야. 하여간 우리 도서관 대단해. 기자 초청도 다 하고. 다현이 넌 우리 동네 도서관 가 봤냐?"

"아니."

냉큼 대답해 버렸다. 도서관도 내가 좋아하는 장소 중 하난데 안 가 봤을 리가. 기자 강연 얘기도 관심이 갔다. 하지만 지금 그게 중요한가. 내가 도서관에 가 봤다고 하면 시후는 끝도 없이 얘기하자고 들 것이다. 교문이 가까워질수록 마음이 급해졌다. 문방구에 들른다며 시후더러 먼저 가라고 할까?

"내가 성적이 좋은 게 학원 많이 다니고 과외 많이 해서 그런 줄 아는데, 아니거든. 어릴 때부터 도서관에서 살아서 그래. 우리 동네 도서관 프로그램이 꽤 괜찮다? 인문학, 미술, 역사 강좌도 많고, 영화도 상영해 주고, 화가들 전시회도 하잖아, 다 공짜로! 난 초등학교 때 여름방학이면 풀벌레교실에도 갔어. 너 귀뚜라미, 여치, 방아깨비, 풀무치 이런 곤충 알아?"

시후는 떠벌떠벌 계속 떠들었다.

"몰라!"

"난 직접 봤다? 지금까지 프로그램 중에서 풀벌레교실이 가장 좋았어. 밤에 텐트 치고 자는 1박 2일 캠프거든. 또 가고 싶다. 그런데 중학생은 없어."

아, 이렇게 수다스러운 애는 처음이다. 정신이 사나워서 문방구 간다는 소리는 입도 뻥긋 못했다.

어느덧 횡단보도를 건넜다. 교문 앞에 봉사 동아리 아이들이 늘어서 있는 모습이 보였다. 일곱 명이었다. 모두 어깨에 띠를 두르고, 홍보용 피켓을 들고 있었다. 그중 한 명은 안경을 넣을 수 있는 박스를 들고 있었고, 다른 애들은 홍보 전단지를 나눠 주고 있었다. '안경 주세요'라는 문구가 인쇄된 하트 모양의 헤어밴드를 쓴 이도 두 명 있었다. 그중 한 명은 담당 선생님이었고, 다른 한 명이 정현우였다.

"안녕하세요! 아침 일찍부터 수고 많으시네요."

시후가 선생님한테 가서 넙죽 인사를 했다.

"시후구나! 너도 집에 안 쓰는 안경 있으면 갖고 와라."

선생님이 경쾌한 목소리로 말했다. 나의 관심은 온통 현우한테 가 있었다.

"안 그래도 오늘 챙겨 온다는 걸 깜빡했어요. 집에 엄마 거, 동생 거 해서 열 개쯤 될 거예요. 우리 엄마 라식수술해서 이제 안경 필요 없거든요. 그나저나, 저희 모둠 마을신문에 이 캠페인 기사 내기로 했어요."

시후는 주절주절 잘도 말했다. 동아리 아이들이 모두 우리 쪽을 쳐다보았다.

"얘 담당이에요."

점점 꼴이 이상하게 돌아간다. 난 이러고 싶지 않았다. 시후 자식은 왜 일을 복잡하게 만들지? 난 조용히 현우를 취재하고 기사 쓰고 싶었다고!

"그래, 잘 부탁한다."

선생님이 나를 쳐다보며 말했다.

"그런데 다들 그냥 지나가네요? 안아주세요 캠페인 아닌가요? 허그 안 해요?"

"뭐라고? 허그인 줄 알았어?"

시후 말에 선생님이 한 아이가 들고 있던 피켓을 가리켰다. 거기에 '쓰지 않는 **안**경을 **아**프리카와 아시아의 이웃들에게 전달해 **주세요**'라는 글귀가 있었다. '안아주세요'는 이것의 준말이었다.

"안아 줄 수도 있지. 이리 와!"

선생님은 이렇게 말하며 전단지를 다른 아이에게 주고는 팔을 벌렸다. 시후는 촐싹대며 선생님께 가서 안겼다. 어정쩡하게 서 있기 민망해서 나도 가서 안겼다.

아이들이 계속 몰려왔다. 시후와 나는 선생님께 인사를 하고 교문으로 들어갔다. 시후 자식! 눈치 없는 녀석! 벼르고 벼른 나의 계획을 망친 놈! 속에서 별의별 욕이 들끓었다. 그때였다.

"김다현, 또 보자."

내 뒤에서 작은 속삭임이 들렸다. 현우였다. 현우가 나를 뒤따라온 것이다. 가만! 지금 현우가 나더러 김다현, 또 보자고 했지? 뭐지? 순식간에 온몸이 감전된 것처럼 찌릿했다.

혼자가 되는 것보다

인류사적 과제에 직면했다. 이 문제를 풀지 않고서는 아무 일도 못 할 것 같았다. 수업 시간에 선생님 하는 말이 귀에 들어오지 않았다.

"해강아. 너 교회 다닌다고 했지? 있잖아, 교회에서 말이야, 친한 친구 말고, 그냥 아는 여자 사람 친구랑 헤어질 때 어떻게 인사해?"

쉬는 시간에 내가 물었다. 다행히 시후는 화장실에 가고 없었다. 이 말을 하면 시후는 정현우 얘기인 줄 눈치챌 것이다. 아까 정말 이상하기는 했다. 시후랑 둘이 가는데, 현우는 나한테만 인사했다. 시후랑 현우, 둘이 모르는 사이도 아닌데. 그것도 나만 들을 수 있는 낮은 목소리로.

"인사? 잘 가! 이래."

해강이가 답했다.

"그냥, 잘 가! 이 말만 해?"

"잘 가 말고 또 무슨 말을 해야 해?"

해강이가 고개를 갸우뚱했다. 그러더니 생각난 듯 이렇게 말했다.

"아, 생각났다. 또 만나자! 그럴 거 같아. 잘 가! 다음 주일에 또 만나. 시 유 어게인!"

"친하지도 않은데 또 보자고 그런다고? 하나도 안 친한데? 아, 다시 설명할게. 교회에 여러 친구들이 있어. 만약에 말이야. 그중에 특정한 한 아이한테만 인사를 했다고 쳐. 그러니까 그 아이한테만 잘 가! 또 보자! 그랬어. 왜 그랬을까?"

나는 해강이와 눈을 맞추며 다시 물었다. 해강이가 내 말을 잘 이해하지 못하는 거 같아 답답했다.

"그러게. 왜 한 아이한테만 인사하지? 이해가 안 가네. 여럿이 있으면 모두한테 인사해야 하는 거 아니야? 한 아이한테만 인사하면 다른 애들은 기분 나쁘잖아."

해강이가 말했다. 틀린 말은 아닌데, 답답해서 돌아 버릴 것 같았다.

"그렇지? 상식적으로 보면 여럿이 있으면 모두한테 인사해야 하는 거지?"

내 말에 해강이는 고개를 크게 끄덕였다.

"그럼! 당연히 그래야지."

그때였다.

"여럿이 있는 데서 특정한 사람에게만 인사했다면, 그건 그 사람한테 마음이 있어서 그런 거 아닌가?"

아까부터 노트에 포스트잇 메모를 붙이고 있던 은유가 말했다.

"맞아! 내 말이 그 말이야. 그건 뭔가 있는 거야. 그렇지?"

내가 은유를 쳐다보며 말했다. '분명 그 사람이 마음에 있으니까 그런 인사를 한 거야. 그렇지?' 이 말을 마저 하고 싶었는데 차마 못 했다. 그때 교실 앞문을 열고 시후가 들어오는 게 보였다.

"당연하지. 호감이 있으니까 그런 거야."

은유가 진지하게 마침표를 찍었다. 바로 내가 원하는 대답이었다.

점심시간에 아람이, 병희와 운동장에 나갔다. 산책하자고 나간 거였는데 결국 벤치에 자리를 잡았다. 플라타너스 그늘 아래로 봄바람이 불었다. 운동장에서 남자아이들이 축구를 하고 있었다.

"아우, 짜증 나. 백화점 조명은 순 사기야, 사기!"

아람이가 소리를 질렀다. 그러자 병희가 물었다.

"왜? 옷이 마음에 안 들어?"

"완전! 싼 티가 흘러넘쳐."

평소와 달리 아람이 말에 일일이 반응해 줄 수 없었다. 그나마 병희가 중간에 앉아서 다행이었다.

"그럼 반품해. 반품하면 되잖아."

"당연히 반품은 할 건데, 짜증 나. 또 가야 하잖아. 학원도 가야 하는데. 어휴 짜증 나."

아람이가 짜증 나, 짜증 나, 하니까 나까지 살짝 짜증이 났다. 대체 짜증 난다는 소리를 몇 번이나 하는지. 내가 이 시국에 아람이 짜증이나 받아 주게 생겼나.

그때 축구공이 우리 쪽으로 왔다. 흰색 반팔 티셔츠 차림의 남자아이 둘이 우리 쪽으로 걸어오고 있었다. 나는 자리에서 일어나 공을 그 아이들 쪽으로 찼다. 한 아이가 고맙다는 표시로 손을 흔들었다.

"그런데 말이야, 남자가 여자 사람 친구한테 헤어질 때 또 보자! 이렇게 인사했어. 사람도 많은데, 그 여자한테만 또 보자고 인사를 한 거야. 그냥 잘 가! 그러지 않고 왜 또 보자고 했을까?"

으악! 드디어 내가 미쳤나 봐. 눈치 빠른 아람이, 병희한테 이런 질문을 하다니. 그런데 도무지 그 생각에서 벗어날 수가 없었다. 다른 사람의 입으로 자꾸만 확인받고 싶었다.

"헤어질 때 원래 또 보자고 말하는 거 아니야?"

병희가 손가락으로 머리카락을 꼬며 대답했다. 이번에는 정수리 쪽이었다.

"지금 그게 중요해?"

아람이는 또 이렇게 짜증을 냈다. 그때 갑자기 운동장에서 웅성거리는 소리가 들렸다. 몇몇 남자애들이 꽥꽥 소리를 지르고 난리가 났다. 모두의 시선이 축구하는 아이들에게 쏠렸다. 거기에 체육복을 입은 여자애가 갑자기 끼어든 것이다. 그냥 여자애도 아니고, 남자애들 사이에서 여신으로 통하는 시민중 밉상 1순위, 황효정.

평소 축구하던 멤버가 아닌데도 효정이는 호흡이 잘 맞았다. 패스는 거의 정확했고, 수비도 잘해 냈다. 경기는 흥미진진했다. 교실 창문을 열어 놓고 구경하는 아이들도 있었다.

벤치에 앉은 우리 셋도 넋을 잃고 그 광경을 쳐다보았다. 자동으로 효정이를 비아냥거릴 타이밍이었다. 그런데 아람이와 병희는 아무 말도 하지 않았다.

"쳇! 관심종자답네. 갑자기 축구에 끼어들고."

그리하여 내가 먼저 말을 꺼냈다. 속으로는 저러는 효정이가 멋있어 보였다. 그런데 아람이나 병희나 내 말에 아무 반응이 없었다. 몇 초 후 병희가 말했다.

"미소 다니는 학원에 효정이 등록했다더라. 미소랑 같은 반이
래."

지나가는 말처럼.

그때 아람이가 벤치에서 벌떡 일어났다. 나는 아람이를 올려
다보았다.

"수업 끝나고 반품하러 가야겠어. 다현아, 같이 갈래? 병희는
사촌들이랑 노래방 가기로 했대."

짜증이라는 단어는 전염성이 강하다. 아람이랑 백화점에 같이
가기로 약속한 뒤부터 짜증이 가라앉지 않았다. 아무리 생각해
도 아람이는 나를 너무 만만하게 여기는 것 같다. 분명히 반품만
이 아니고 교환도 할 것 같은데. 그러면 또 나더러 쇼핑백을 자기
집에 가져다 놓으라고 할 테지. 싫다고 말해 볼까? 오늘도 쇼핑백
심부름을 하게 되면 나는 미쳐 죽을 거 같았다.

다행히 그런 일은 일어나지 않았다. 내가 평소처럼 실실 웃지
않으니 아람이도 내 눈치를 보는 것 같았다. 우리는 반품만 하고
백화점 에스컬레이터를 타고 내려왔다.

"나, 학원 가는데 바래다줄래?"

아람이가 말했다. 설아도 자주 바래다준 적이 있으니 이 부탁

은 거절하기 어려웠다.

평일 낮이라 버스에는 빈자리가 많았다. 우리는 맨 뒷자리에 나란히 앉았다.

"너희 모둠은 마을신문 잘돼 가?"

내가 물었다.

"마을신문?"

"국어 수행과제 있잖아."

"아, 그거."

아람이는 시큰둥하게 말하더니 창밖을 쳐다보았다. 버스는 마로니에 가로수 길을 휙휙 달렸다.

"그거 6월까지 아니야? 뭘 벌써부터. 아무도 신경 안 써. 모둠장이 알아서 하겠지 뭐. 나중에 기사 하나 쓰라고 하면 인터넷 보고 대충 짜깁기하면 돼."

아람이가 이러니 별로 할 말이 없었다. 생각해 보니 자주 그랬다. 내가 하는 말은 아람이한테 잘 스며들지 않는다. 내 말은 탁구공처럼 튕겨져 나오고, 공중에서 부서진다. 그게 내 탓인지 아람이 탓인지 잘 모르겠다.

"윤주 스타일 완전 구리지 않냐? 치마 길이 봤지? 난 또 조선 말기에서 튀어나온 줄 알았잖아. 대체 창피한 줄을 몰라. 삼선슬리퍼 질질 끌고 걷는 거 보면 딱 노숙자 분위기야."

나는 아람이가 하는 말을 누가 들을까 봐 신경이 쓰였다. 다행히 아람이는 작게 말했다.

이번에는 윤주구나. 아람이랑 같은 모둠인 아이. 윤주는 왜 또 미운털이 박혔을까? 아람이는 자기 눈에 거슬리는 아이는 가루가 될 때까지 씹는다. 그런데 오늘은 아람이 말에 맞장구를 쳐 주기 싫었다. 아람이가 일방적으로 자기 말만 늘어놓는 버릇도 새삼 짜증 났다.

"그리고 요즘 누가 그런 안경을 써."

"우리 담임도 비슷한 안경이잖아. 난 괜찮던데."

노은유도 안경 써서 싫었던 거야? 하마터면 이 말까지 할 뻔했다. 내가 반박을 하자 아람이는 기분이 나쁜지 입을 꼭 다물고는 창밖을 내다보았다. 이런 어색한 분위기는 싫다. 생각해 보니 우리는 그룹일 때 즐겁고, 신나고, 잘 맞는다. 우리 다섯 손가락 친구들 중에 일대일 관계에서 편한 건 권설아뿐이다.

"참! 안경 기부 캠페인 있잖아. 거기 활동하는 애 중에 내 짝남 있다?"

내가 제대로 미쳤다. 어색한 분위기를 깨려고 이런 소리를 하다니. 내 말에 아람이는 잠시 아무런 대꾸를 하지 않았다. 반응이 없으니 불안했다. 이 침묵은 뭐지?

"그런데 뭐, 그냥 나 혼자 좋아하는 거야."

"알아."

아람이가 짧게 대꾸했다. 여전히 시선은 창밖을 향하고 있었다. 안다고? 내가 현우를 좋아하는 걸 아람이가 안다고? 설아가 말했나?

학원 건물 앞에서 아람이와 헤어졌다. 갑자기 다리에 힘이 풀렸다. 어김없이 배가 고파 왔다. 상가 1층에 있는 분식집에서 컵볶이 하나를 샀다. 종이컵에 떡이 열 개 남짓 들었을까? 다 먹어도 마음은 여전히 불편했다.

집까지는 걸어서 30여 분. 혼자 걸었다. 쓸쓸했다. 설아한테 서운한 감정이 스멀스멀 올라왔다. 내가 현우를 좋아한다는 사실을 아람이한테 말하다니. 아람이의 반응, 눈빛, 뭐였지? 내가 먼저 말을 꺼내긴 했지만, 왠지 찜찜하다. 사실 나는 아람이가 나의 짝사랑에 대해 아는 게 싫다.

횡단보도를 건너니 먹자골목이 나타났다. 나는 저녁 개시를 준비하는 가게들을 천천히 지나쳤다. 그리고 또 횡단보도를 건너 아파트 단지 옆 샛길로 접어들었다.

쥐똥나무 울타리가 있는 어린이집 앞에서 걸음을 멈췄다. 시소와 흔들공룡, 지붕 두 개짜리 미끄럼틀이 있는 놀이터에 아이들이 나와 놀고 있었다. 부모인지 교사인지 벤치에 앉아 있는 어른들은 노는 아이들을 따뜻한 눈길로 지켜보았다. 부러웠다. 바람에 떠밀려 어디론가 떠나고 싶었다. 공간 말고 시간 여행. 아빠랑 엄마랑 함께 살던 어릴 때로.

그때 교복 주머니에서 휴대폰이 울렸다. 김시후였다.

"뭐냐? 이 시간에 웬일?"

"어? 잘못 걸었다."

전화 너머에서 시후가 말했다.

"그래? 그럼 끊는다."

"근데 너 어디냐?"

"그건 알아서 뭐 하게."

"그냥. 차 조심하라고. 무단횡단하고 그러지 말고."

시후가 오빠라도 되는 것처럼 싱거운 소리를 했다. 황당해서 웃음이 터졌다. 나는 알았다고 말하며 전화를 끊었다.

실개천을 가로지르는 다리를 건넜다. 봄바람이 가슴으로 가득 다가왔다. 좋은 봄날이다. 맞다! 아침에 좋은 일이 있었다.

현우를 떠올리자 기분이 좋아졌다. 그리하여 설아에 대한 서운한 감정은 흔적도 없이 사라졌다. 설아 입장에서 생각하니 그럴 수도 있겠다는 생각이 들었다. 나는 설아한테 나의 짝사랑 얘기를 아무한테도 말하지 말라는 당부를 하지 않았다. 설아는 우리 다섯 손가락이 소소한 일들까지 공유해야 한다고 생각할 수도 있다. 아무렴.

어느새 토끼방앗간 앞이었다. 창문 너머 방앗간 아저씨는 팩에 담긴 떡을 새로 진열하고 있었다. 성큼 걸어 집까지 갔다. 집에 가서 뭐라도 더 먹고 싶었다.

대문을 열다가 골목 저쪽을 얼핏 보았다. 단발머리에 초록색 점퍼를 입은 아이가 선녀보살집 앞에서 서성이고 있었다.

"노은유!"

소리를 질렀다. 그러자 은유가 얼굴 가득 웃음을 띠고 내게 손을 흔들었다.

"여기 어쩐 일이야?"

"사진 찍으러. 이 골목, 영화에 나왔을 때는 몇 년 전이잖아. 지금 골목 풍경이랑 비교 사진 올리면 재미있을 거 같아서."

"기사 쓰려고 여기까지 오다니, 대단하다. 난 아직 시작도 못 했는데."

"마을신문 때문만은 아니고, 봄꽃 구경도 할 겸, 그냥 나와 봤지. 주택가는 참 아늑해. 나는 지붕이 낮아야 마음이 편한가 봐. 집집마다 나무 한 그루씩은 다 있는 거 같아. 담벼락에는 화분도 많고. 바람이 부니까 오이랑 고추 모종이 하늘거린다. 예뻐서 동영상도 찍었어."

"그게 그렇게 예뻐?"

내 질문에 은유가 고개를 끄덕였다. 그때 내 입에서 생각지도 못했던 말이 튀어나왔다.

"여기가 우리 집이야. 잠깐 들어갔다 갈래?"

은유의 표정이 묘했다. 역시 내 제안이 썩 끌리지 않는 걸까?

내가 미쳤지. 친하지도 않은 애한테 집에 가자고 하다니. 다섯 손가락 말고는 우리 집에 와 본 친구가 없다. 그렇다고 내뱉은 말을 주워 담을 수도 없었다.

"그러자. 마침 화장실도 가고 싶었는데 잘됐다."

은유가 말했다. 우리는 까만 대문을 열고 집 안으로 들어갔다. 검붉은 벽돌로 된 주택 1층에는 주인이 살고, 엄마랑 내가 사는 집은 2층에 있다. 현관이 따로 나 있는 2층 다른 집에는 신혼부부가 산다.

계단을 올라 집에 들어가자마자 은유를 화장실로 안내했다. 은유가 화장실에 들어간 뒤 고민에 휩싸였다. 자! 볼일을 봤으니 그만 가라고 해야 하나? 아님 잠깐이라는 단어를 강조하면서 '잠깐만 놀다 가.'라고 해야 하나? 친하지도 않은 애랑 단둘이 뭐 하고 놀지?

"네 방은 어디야?"

화장실에서 나오자마자 은유가 물었다. 내 방은 코앞이다.

"예쁘다."

은유가 말했다. 하긴 내 방은 노은유 방의 절반 크기도 안 되지만, 은유 방보다 예쁘게 꾸며 놓기는 했다.

"와! 이거 무슨 색이야?"

화장대 앞에서 은유가 소리를 질렀다.

"코랄 핑크 2호. 한번 발라 볼래?"

"그래도 돼?"

은유는 쑥스러운 듯 말끝을 흐렸다. 그러더니 거울을 보며 틴트를 발랐다. 예쁘다고 해 줬더니 은유가 배시시 웃었다.

"이게 다 네 거야?"

은유가 물었다. 내 화장대에는 온갖 종류의 화장품이 많다.

"응. 화장품은 내 유일한 사치야. 그런데 전부 로드숍에서 산 거야. 저렴이들."

"그렇구나. 예쁜 거 많다."

"넌 화장품 없어?"

"혼자 사러 가기 쑥스러워서."

"쑥스럽기는 뭐가 쑥스러워. 요즘은 초딩들도 기본으로 다 가는데. 혼자 가기 뭐하면 내가 같이 가 줄게."

대체 내가 지금 무슨 말을 하고 있는 거지? 은유랑 화장품 가게에 가겠다고?

"정말? 정말이지?"

은유가 눈을 동그랗게 뜨고 말했다. 진심으로 좋은가 보았다.

내 방을 나와 우리는 주방으로 향했다. 나는 계속 생각했다. 잠깐은 대체 몇 분일까? 10분? 20분? 잠깐 온 손님이라도 뭔가 대접해야 했다. 나는 오렌지주스를 컵에 따라 내밀었다.

"참, 삶은 감자도 있다. 먹을래?"

은유가 고개를 끄덕였다. 나는 감자를 으깨어 소금, 후추로 간을 한 뒤 모차렐라치즈를 뿌렸다. 그리고 전자레인지에 2분 돌렸다. 좁은 집 안에 고소한 냄새가 진동했다.

"완전 맛있다. 피자보다 더 맛있어. 집에 가서 해 먹어 봐야지."

은유가 말했다.

이런 경우, 직접 음식을 만들어 보겠다고 말하는 아이는 거의 없다. 다들 학원 가느라 요리할 시간은 없으니까. 그러고 보니 은유랑 나랑 공통점이 많다. 우리 둘 다 학원에 다니지 않는다. 은유는 엄마가 없고, 나는 아빠가 없다. 또 뭐가 있지? 없다! 노은유는 공부를 잘하고 나는 못한다. 은유네 집은 잘살고 우리는 못산다. 뭐, 다른 점이 훨씬 많네.

"참! 눈치챘을지 모르겠지만, 나 엄마랑만 산다. 아빠 돌아가셨어. 오래전에. 교통사고로."

포크로 감자를 찍어 올리며 내가 말했다. 은유는 포크를 입에 문 채 놀란 표정으로 나를 바라보았다.

"그렇구나."

은유가 포크를 빼며 말했다. 그러더니 치즈가 쭉쭉 묻어나는 감자를 다시 들어 올렸다. 나도 감자를 삼키며 물을 마셨다. 잠시 우리는 말이 없었다.

처음이다. 아빠가 돌아가신 사실을 내 입으로 직접 말한 건. 다섯 손가락 아이들은 알까? 알 수도 있고 모를 수도 있다. 내가 말하지 않았으니. 하긴 가족 관계가 뭐 중요한가. 대단한 비밀도 아니고.

감자를 입에 넣으며 은유가 나를 보고 미소를 지었다. 나도 따라 웃었다. 내 눈이 안경 너머 은유의 눈과 만났다. 뭐지? 기분이 이상했다. 나는 식탁 의자에서 벌떡 일어났다.

"사과 먹을래?"

냉장고에서 사과를 꺼내 보이며 내가 물었다. 은유는 웃으며 고개를 끄덕였다.

"은유야, 물어보고 싶은 게 있는데, 대답해 줄 수 있어?"

사과를 깎으며 내가 말했다. 자연스러운 상황에서 툭 던지듯 물어보고 싶었는데. 모르겠다, 내 목소리가 떨리지는 않았는지.

"뭔데?"

은유가 긴장된 표정으로 물었다.

"음. 우리 모둠이 너희 집에서 모임 했잖아. 아! 아니다. 내가 하려던 말은, 그러니까…… 에이! 그냥 솔직하게 말할게. 송아람 있잖아. 내 절친인 거 알지? 너랑 작년에 같은 반이었잖아. 그때 아람이가 너희 집에 가 보고 싶어 했다던데. 왜냐하면, 아람이네 가 올리브아파트로 이사 갈 수도 있어서 한번 가 보고 싶었대. 그 런데 네가 싫다고 했다던데 사실이야?"

가능하면 따지거나 추궁하듯 말하지 않으려고 노력했다. 그저 궁금했다. 우리한테는 모둠 편집회의를 자기 집에서 하자고 하면 서, 그때 아람이의 방문은 왜 거절했는지.

나는 은유의 눈이 살짝 떨리는 걸 느꼈다. 괜한 질문을 했나 싶 어 후회되었다. 이 어색한 상황을 어떻게 수습하지? 은유가 짧은 한숨을 내쉬더니 이렇게 말했다.

"맞아. 아람이가 서운했을 거야. 그런데 그때는 그랬어. 엄마 돌아가신 지 얼마 되지 않았고, 집에 누구를 부른다는 게 엄두 가 안 났어. 우리 집에서 편집회의를 하자고 했던 건, 뭐…… 앞 으로도 쭉 우리 집에서 했으면 좋겠어. 우리 집엔 거의 아무도 없으니까 편하잖아. 엄마 돌아가시고 고모 계신 이 동네로 이사 오긴 했지만, 고모랑 별로 친하지 않아서 고모네 집에는 안 가 게 돼. ……그래, 다현이 네가 솔직하게 물었으니 나도 솔직히 대 답할게."

은유가 나를 쳐다보며 말을 멈추었다. 나는 침을 꼴깍 삼키며 은유의 눈을 보았다.

"내 잘못이야. 그땐 아람이가 부담스러웠어. 지금도 그래. 여러 명이 어울리는 건 괜찮지만 난 일대일 관계는 부담스러워. 지금 이렇게 친구랑 둘이서만 마주 앉아 있는 것도 처음이야. 나는 누구랑 일대일로 친해지는 게 겁이 나."

"왜? 친해지는 게 왜 겁나는데?"

"어차피 또 헤어질 거잖아. 난 누구와도 친해지지 않을 거야."

"야! 그러다 왕따 되면 어쩌려고?"

"왕따? 왕따 되면 되는 거지. 난 왕따는 겁 안 나. 좋아하는 사람이랑 헤어지는 게 겁나지."

은유가 말했다. 진지한 말투였다.

불그스레한 오후의 햇살이 창으로 스며들었다. 은유와 나는 천천히 사과를 먹으며 이런저런 얘기를 더 나누었다. 은유는 엄마 병문안을 자주 못 간 게 가장 후회된다고 했다. 그때는 병상에 누워 있는 엄마 모습이 낯설어서 도망만 다닌 것 같다고, 그저 무섭기만 했다고. 그리고 내게 물었다.

"다현이 넌, 아빠가 보고 싶을 때는 어떻게 해?"

덤덤한 목소리.

"요즘은 아빠 생각 잘 안 나. 돌아가신 지도 오래됐고."

나도 덤덤하게 대답했다. 여기까지는 아람이나 병희, 미소, 설아가 물었어도 똑같이 말했을 것이다. 그런데 멈춰지지가 않았다. 갑자기 내 안의 묵은 생각들이 말이 되어 줄줄 딸려 나왔다.

"그런데 뭐랄까, 시간이 지날수록 그런 생각이 든다. 나는 아빠가 돌아가신 거 같지가 않아. 여러 갈래 바람이 되어 내 옆에 늘 있는 거 같아. 동네 공원을 지날 때 가끔 이런 생각을 해. 떡갈나무야! 오래전 여기 저녁 산책 나온 우리 가족 기억하지? 그때 대머리 때문에 고민 많았던 아빠는 야구 모자를 쓰고 있었잖아. 나는 중간에서 양손으로 엄마 아빠 손을 잡았어. 엄마는 '목련꽃 그늘 아래서'로 시작되는 가곡을 흥얼거리고 있었어. 떡갈나무야! 우리 아빠 기억해 줘. 이런 생각?"

은유가 뚫어져라 나를 쳐다보았다. 내 말 한마디, 한마디, 조사 하나까지 다 이해하는 눈빛이었다. 이건 누구한테도 한 적 없는, 체리새우 블로그에만 털어놓았던 비밀 얘기다. 기분이 이상했다.

하지만 이곳은 우리 집이다. 필터를 거치지 않은 감정들이 그냥 입으로 튀어나와도 되는 나의 집, 나의 영역.

"뭐, 이제는 아무렇지도 않아. 우리 동네엔 아빠의 흔적이 가득하거든. 아빠를 기억하는 나무들, 꽃들, 거리들, 아빠의 단골 만두 가게랑 토끼방앗간…… 문득문득 아빠 있는 아이들이 부럽기도 하지만, 그냥 아빠가 멀리 출장 간 느낌이랄까? 내가 크는 걸 아빠가 다 지켜보는 거 같아. 내 말 웃기지?"

"하나도 안 웃겨."

은유는 이렇게 말하며 부드럽게 웃었다. 순간 철렁했다. 이러다 은유랑 친해지면 어쩌지?

오해

그날 밤 설아한테 전화를 걸었다. 은유가 아람이를 무시한 게 아니었다는 사실을 어떻게든 친구들에게 알리고 싶었다. 단톡방에 올릴 생각도 해 봤지만 겹겹이 쌓인 오해를 풀어 줄 만큼 글을 잘 쓸 자신이 없었다. 그리하여 나의 변호사이자 통역가인 설아한테 먼저 그 얘기를 하기로 한 것이다.

"노은유 엄마가 돌아가셨다고?"

전화 너머에서 설아가 말했다. 조금 놀란 모양이었다.

"엄마 돌아가시고 우리 동네로 이사 온 거래. 은유 고모가 올리브아파트에 사나 봐."

"그런데 그거랑 아람이 무시한 거랑 무슨 상관이야?"

설아가 말했다. 숨이 턱 막혔다.

하긴 무슨 수로 알까? 엄마나 아빠가 돌아가셨다는 것, 영원히 볼 수 없게 되었다는 게 어떤 상황인지. 슬픔의 깊이가 어느 정도

인지 상상도 못 할 것이다.

"내가 말을 잘못한 모양이네. 노은유가 아람이를 무시한 게 아니었다는 말을 하고 싶었어. 엄마가 돌아가셔서 대인기피증 같은 게 있었던 거 같아."

"다현이 너, 모르면 아무 말도 하지 마. 그 일만이 아니라니까. 노은유 걔, 자기 아빠 방송에 좀 나왔다고 애들이 사인 받아 달라는 것도 다 쌩까더래. 그뿐인 줄 알아? 강남에서 어느 학원에 다녔는지 물었더니, 헐! 학원 안 다녔다고 하더래. 말이 되냐? 그게 뭐 대단한 거라고, 거짓말까지 하면서 안 가르쳐 주냐고!"

"학원 안 다녔을 수도 있잖아. 지금도 안 다니고 필요한 건 인터넷 강의 듣는다던데."

"말도 안 돼! 야, 너 지금 누구 편이야? 학원 안 다닌다고 개뻥 치는 거, 다 경쟁자들 따돌리려고 수작 부리는 거야. 나는 그런 거 가지고 사기 치는 애들이 세상에서 제일 싫어. 자기 좀 잘났다고 남 무시하는 애들은 완전, 엄청, 소름 끼치게 싫어."

설아가 이 정도로 은유를 싫어하는 줄은 몰랐다.

"그래? 잘 몰랐어. 참, 설아야! 너 웹툰 〈심장 폭격〉 26회 올라온 거 봤어?"

나는 화제를 돌릴 수밖에 없었다. 은유 얘기를 할수록 오해가 더 쌓이는 것 같았다. 그런데 웹툰 얘기도 길게 못 했다. 설아는 내내 기분이 나쁜 것 같았다. 우리는 웹툰 얘기를 조금 더 하고는 어색하게 전화를 끊었다.

혼란스러웠다. 예전 같으면 설아의 말을 믿었을 거다. 아이들이 은유 욕을 할 때면 내가 모르는 진짜 이유가 있겠거니 했었다. 그런데 지금은 모르겠다. 그사이 노은유가 변한 걸까? 아니면 진짜 모습을 숨기고 있는 건가?

사인 요청을 받을 만큼 노은유 아빠가 대단한가 싶어서 검색을 해 봤다. SNS를 타고 노은유 아빠 이름을 찾아낼 수 있었다. 노은유 아빠는 이름을 치면 포털 사이트에도 나오는 제법 유명한 변호사였다. 언론 기사나 SNS 글들을 보니, 라디오 교양 프로그램이나 뉴스에 나와 법률 상담을 해 주면서 유명해진 것 같았다. 요즘은 팟캐스트에도 나오고, 무료 변론도 한다고 했다.

다음 날은 아침부터 비가 내렸다. 한차례 비바람이 부니 하얀 벚꽃잎이 후두두 떨어졌다. 나는 연립주택과 작은 교회가 있는 골목길로 걸었다. 비가 오는 날은 한적한 길이 좋다. 자동차가 안 다니니 빗물이 튈 위험도 없고. 물을 머금은 나무들이 초록을 뿜어냈고, 꽃잎들은 쉴 새 없이 빗물에 쓸려 내려갔다.

"어? 김다현! 또 만났네. 야! 우리 이러다 사귀는 거 아니냐?"

뒤에서 김시후가 크게 소리를 질렀다.

"아! 쫌! 아침부터 개소리 좀 하지 마."

내가 신경질을 내자 시후가 낄낄 웃었다.

"근데 너, 이 길 어떻게 알아? 여기서 다 만나네."

내가 물었다.

"이 길 모르는 사람도 있냐?"

"하긴!"

"나, 어제 마을공동체 밥집에서 저녁 먹었다? 나 두부, 콩 이런 거 싫어하거든. 그런데 두부조림 완전 맛있더라. 너도 언제 한번 가 봐."

"마을공동체 밥집?"

"내가 기사 쓰기로 한 거. 벌써 까먹었냐?"

"아! 맞아. 너 밥집 기사도 쓰기로 했지? 나도 오늘 취재 갈 거야. 그런데 시후야, 우리 모둠만 마을신문 열심인가 봐. 다른 모둠은 신경도 안 쓴대."

"무슨 상관이야. 우리만 잘하면 되지. 사실 나의 모친께서 마을공동체 밥집 창립 멤버거든. 우리 엄마는 세상 모든 일에 다 관여해야 직성 풀리는 활동가시다. 완전 욕심 많은 에너자이저야. 내가 자사고까지 입학하면 우리 엄마, 동네에 현수막까지 걸지도 몰라. 참! 참! 은유 아빠도 밥집 창립 멤버다."

"그래? 은유 아빠가?"

"응."

우리는 어느새 큰길로 나왔다. 횡단보도 건너편 우리 학교 펜스에는 학교 전담 경찰관 홍보 현수막이 걸려 있었다.

"근데 은유 아빠, 국회의원 되려고 한다던데 맞아?"

그사이 신호가 바뀌었다. 우리는 다른 아이들과 함께 우르르 횡단보도를 건넜다.

"뭐? 그런 소리 처음 들어. 우리 엄마라면 몰라도. 나중에 우리 엄마 구의원 나간다고 할지도 몰라."

"은유 아빠 국회의원 되려고 한다는 소문 있단 말이야. 공천받으려고 우리 동네로 이사 왔다고 하던데."

우리는 어느새 교문 안으로 들어왔다. 걸음을 옮길 때마다 비에 흠뻑 젖은 운동화에서 뽀록뽀록 소리가 났다.

"음, 잘은 모르지만, 정치에는 별 뜻이 없다고 들었어."

시후가 말했다. 현관은 많은 아이들로 북새통이었다. 시후와 나는 빗물이 줄줄 흐르는 우산을 털었다. 그리고 천천히 교실을 향해 계단을 올랐다.

"가만! 은유 아빠, 어려운 사람들 무료 변론도 하시잖아. 좋은 일 하면 그걸 삐딱하게 보는 사람들 꼭 있더라. 은유네 우리 동네로 이사 온 거, 망해서도 아니고 공천받으러 온 것도 아니야. 은유 엄마 돌아가신 뒤에 이사 온 건 알지? 여기가 은유 아빠 고향이고 고모도 이 동네 사시잖아."

시후가 계단 중간에서 걸음을 멈췄다. 나도 따라 걸음을 멈추고 시후랑 나란히 섰다. 우리 옆으로 다른 반 아이들이 후다닥 뛰어 올라갔다.

"은유 너무 미워하지 마."

시후가 뜬금없이 이런 소리를 했다. 뜨끔했다.

"나 은유 안 미워해."

나는 기어들어 가는 목소리로 대답했다.

"그렇담 다행이고. 근데 너 송아람이랑 친하지?"

시후가 나를 지그시 쳐다보았다. 나는 대답 대신 고개를 끄덕였다.

"네 친구 욕해서 미안한데, 어휴, 말을 말자. 아니, 말해야겠어. 작년에 아람이가 은유 엄청 쫓아다녔어. 친해지고 싶었겠지. 나도 은유랑 친해지고 싶었거든. 애가 좀 우리 또래 같지 않잖아. 배울 것도 많고. 그런데 은유는 뭐랄까, 가까이 갈 수 없는 뭔가가 있어. 은유가 아람이를 부담스러워하는 게 다 보이는데, 아람이는 계속 들이대고, 나중에 자기 안 받아 주니까 은유 안티로 돌아서더라. 볼 때마다 은유 욕하고…… 다현이 너도 은유 뒷담화하고 그러냐?"

시후가 물었다. 나는 아무 대답도 못 했다. 그때는 같이 은유

욕했어. 그런데 지금은 아니야. 이런 말을 할 수가 없었다.

우리는 거기서 얘기를 멈췄다. 시후는 교실로 올라가고, 나는 2층으로 갔다. 현우네 반에는 아이들이 몇 명밖에 없었다. 쉬는 시간에 다시 올지 계속 기다릴지 고민하는데 친구들과 계단을 올라오는 현우와 마주쳤다.

"어? 김다현! 어쩐 일이야? 나 기다렸어?"

심드렁한 말투. 왜 그런지 나를 별로 반가워하는 거 같지 않았다.

"마을신문 취재 때문에 왔지. 안경 기부 캠페인에 대해 쓸 거라고 했잖아."

내 말에 현우가 가지런한 치아를 드러내며 활짝 웃었다. 우리는 점심시간에 음악실 앞에서 만나기로 약속했다. 현우는 말없이 손을 내밀었다. 나는 무슨 뜻인지 몰라 현우 눈을 쳐다보았다.

"휴대폰!"

현우가 말했다. 나는 주머니에 있던 휴대폰을 꺼내 현우에게 건넸다. 현우는 내 휴대폰에 자기 번호를 누르고 씩 웃으며 돌려주었다. 얼굴이 화끈 달아올랐다. 심장에서 불이 난 줄 알았다. 나는 복도 끝까지 성큼 걸어와 계단을 올라갔다. 가슴이 쿵쿵 뛰었다. 조심스럽게 휴대폰을 꺼내 현우의 번호를 저장했다. 그냥 쿨하게 정현우로.

교실로 오니 벌써 담임 선생님이 와 있었다. 나는 후다닥 내 자리로 가 앉았다. 아람이가 뒤를 돌아 나를 보았다. 나는 손을 살짝 들어 인사를 했다.

1교시 내내 정신이 나가 있었다. 대체 나한테 무슨 일이 일어난 거지? 창밖에는 계속 비가 내렸다. 동화 속에 들어와 있는 것처럼 몽롱했다.

그런데 아람이가 자꾸 나를 흘깃흘깃 돌아보았다. 아람이는 왜 저러지? 내 얼굴에 뭐 묻었나?

쉬는 시간에 아람이와 병희가 눈짓으로 나를 불러냈다. 나는 쫄래쫄래 친구들을 따라 복도로 나갔다.

"점심시간에 밥 먹고 좀 보자."

아람이가 말했다.

"왜?"

"왜?"

아람이가 내 말을 똑같이 따라 했다.

"우리 사이에 왜가 왜 필요해?"

아람이가 웃으며 말했다. 맞다. 내가 '왜'라고 물었지? 아람아! 나 미쳤나 봐. 그 말은 내가 한 게 아니야. 지금 내 정신은 가출했거든.

"곧 미소 생일이잖아. 중간고사 끝나고 파티 해 주자고. 점심시간에 만나서 그 얘기 하자는 거야. 설아랑 같이."

병희가 설명해 주었다.

"점심시간에 약속 있는데."

내 입에서 반사적으로 이 말이 튀어나왔다. 그냥 약속이 아니고 중요한 약속이다. 그런데 말하고 나니 또 실수했다는 생각이 들었다. 이게 아닌데, 왜 자꾸 대화가 꼬이는 걸까?

"마을신문 때문에 취재 약속 잡았거든. 어쩌지? 그냥 너희들끼리 시간 약속 잡아서 나한테 알려 주면 안 될까?"

간신히 정신을 수습해서 말했다. 순간 아람이의 싸한 표정이 칼날처럼 눈에 박혔다. 아! 또 실수했구나.

"맞아! 취재 일찍 끝내고 가면 되겠구나. 일찍 끝날 거야. 끝나고 금방 갈게."

난 또 이렇게 말하며 혼자 키득키득 웃었다. 병희도 같이 웃었다.

점심시간이 되자 심장이 미친 듯이 뛰었다. 나는 식판에 평소보다 절반도 안 되게 밥과 반찬을 담았다. 순식간에 먹어 치운 뒤 화장실로 갔다. 양치를 하고 기름종이로 얼굴을 닦아 낸 다음, 머리를 빗었다. 그리고 음악실로 올라갔다.

복도에 서 있으니 1분 만에 현우가 왔다.

"자! 이거."

현우는 오자마자 작은 책자를 내밀었다. '안아주세요' 소개 팸플릿이었다.

"월요일에 캠페인하는 사진 하나 찍고, 이거 참고해서 기사 쓰면 되겠지?"

현우가 말했다. 이게 끝인가? 그제야 후회가 밀려왔다. 질문거리를 준비해 왔어야 했다. 아! 바보. 천하의 바보 멍청이.

그때 여자애 두 명, 남자애 한 명이 우리 쪽으로 다가왔다. 눈짓을 보니 현우를 만나러 온 것 같았다. 아이들은 나를 빤히 쳐다보았다.

"춤 연습하러 가야 해서. 체험학습 장기자랑 준비해야 하거든."

현우가 말했다.

"응, 응, 그래."

나는 아무렇지도 않은 듯 말했다. 그리고 먼저 발길을 돌렸다. 세상에 이렇게 허무할 수가. 원래 계획은 이거였다. 현우랑 안경 기부 캠페인 얘기 하다가 다시 만날 약속을 잡는 것. 그렇게 수업 끝나고 떡볶이집에 가는 것. 떡볶이를 먹으며 내가 이어폰을 내미는 것. 이게 뭐야? 묻겠지. 그러면 선물! 이러면서 현우 귀에 직접 이어폰을 꽂아 주는 것.

한 계단 또 한 계단, 나는 현실로 내려갔다.

비가 갠 운동장은 조용했다. 청정한 하늘을 가르며 새들이 날아갔다. 저쪽 스탠드에 아람이, 병희, 설아가 서 있었다. 나는 터벅터벅 친구들을 향해 걸었다.

설아가 제일 먼저 나를 발견했다. 내가 손을 흔들었다. 그러자 설아도 손을 흔들었다. 멀지 않은 거리. 그런데 친구들의 분위기가 묘했다. 나를 바라보는 아람이와 병희의 표정, 설아의 알 수 없는 미소. 뭐지? 내 얘기를 하고 있었나?

그때 생각났다. 어쩌면 설아가 은유 이야기를 전해 줬겠구나. 그것도 나쁜 방향으로. 그냥 내 느낌이 그랬다.

어떤 생일 파티

중간고사가 끝난 다음 날에 서울대공원으로 체험학습을 갔다. 미세먼지도 나쁜 날이었다.

아침에 버스 탈 때 현우를 보았다. 현우네 반은 경복궁으로 갔는데, 현우는 귀에 새 이어폰을 끼고 있었다. 평소와 달리 빨간 줄이었다. 현우 주려고 산 이어폰은 아직 가방에 있는데 그새 이어폰을 샀구나. 괜히 서운했다.

가장 울적했던 건 버스 자리였다. 예상했던 바지만 아람이와 병희가 같이 앉았다. 통로를 사이에 두고 옆자리라도 앉을까 했는데 다른 아이들이 먼저 차지해 버렸다. 시후는 할 얘기가 있다며 은유랑 앉았고, 나는 뒷자리에 해강이랑 앉았다.

그런데 해강이는 단둘이 있으면 진짜, 완전, 너무 재미없는 아이다. 단 5분만 얘기해도 속이 터진다.

"코끼리가 왜 코끼리인지 알아?"

어쩌라고! 그게 지금 왜 궁금하니?

"코가 길어서 코끼리야. 눈이 컸으면 눈끼리가 됐겠지? 입이 컸으면 입끼리."

이런 말을 해 놓고 해강이는 자기 혼자 낄낄 웃었다. 어이없어 돌아가시는 줄 알았다.

"우리 주인집에 조말구라는 개가 있는데, 성이 조씨고, 이름이 말구야. 말구는 원래 마르코인데, 옛날에는 마르코를 말구라고 불렀대. 눈이 요렇게 처진 게 착하게 생겼어. 머리도 되게 좋아. 사람 말 다 알아듣는다."

대체 이런 말을 왜 나에게 하는 걸까? 내가 너희 주인집 개 이름까지 알아야 하니? 내가 선물을 주기도 전에 현우는 이미 새 이어폰을 사 버린 데다, 버스 좌석 배치 때문에 머리가 터질 지경인데. 한숨이 저절로 나왔다. 나는 해강이 말소리가 듣기 싫어 이어폰을 낀 채 재생 목록을 열었다.

"그런데 얼마 전 교통사고 당했어. 주인집 할머니가 잠깐 편의점에 갔다 오니까 말구가 바닥에 쓰러져 있더래. 그때가 새벽이어서 본 사람도 없대. 운전사는 뺑소니 쳤어. 대박 나쁜 사람이야. 할머니는 하필 그날 목줄을 안 하고 산책 데리고 나갔다며 우셨어."

해강이는 걱정과 분노가 섞인 어조로 흥분해서 말했다.

'교통사고' '뺑소니'란 단어가 뇌리에 박혔다. 이어폰을 뺐다.

"……걔는 지금 어때?"

"병원 다녀."

해강이가 시무룩한 표정으로 대답했다. 교통사고, 뺑소니는 내 사전에 아프게 등재된 단어다. 개가 고통스러워하며 쓰러져 있는 장면이 떠올랐다. 심장이 마비될 것만 같았다. 아! 해강이 자식! 대체 이런 얘기를 왜 나한테 한 거야? 나는 눈앞이 어지럽고 아무 생각도 하고 싶지 않아서 다시 이어폰을 끼고 볼륨을 크게 올렸다. 해강이는 천천히 고개를 돌려 창밖을 보았다.

서울대공원에 가서도 아람이와 병희는 둘만 얘기했다. 우리 셋은 점심도 같이 먹고, 같이 다녔지만 나는 투명인간이었다. 대화에 끼어들려고 무지 노력했다. 아람이 스커트 예쁘다고 칭찬하고, 병희 도시락이 맛있다는 얘기도 했다. 그런데 친구들은 별 반응이 없었다. 둘은 내 도시락에는 손도 안 댔다. 불길하고 불안했다. 그래도 견딜 수 있었던 건 토요일 미소 생일 파티 때문이었다. 이런 날도 있는 거지. 나도 기분이 널뛰듯 수시로 바뀌는걸. 둘이서 할 말이 많았나 보지. 이렇게 스스로를 위로했다.

돌아오는 버스에서도 좌석 배치는 같았다. 나는 음악을 들었고, 해강이는 피곤한지 버스에 탄 지 얼마 되지 않아 곯아떨어졌다. 우리는 오후 다섯 시쯤 학교 앞 사거리에서 내렸다. 아람이와 병희는 뒤도 안 돌아보고 아파트 단지로 들어갔다.

나 혼자 터덜터덜 걸었다. 온몸에 힘이 다 빠져나간 것 같았다. 미세먼지 때문에 자꾸 재채기도 났다. 이 와중에도 아파트 담벼락에 심어진 라일락나무에서 꽃향기가 진하게 났다.

단지를 지나 독서실 건물 앞까지 왔을 때였다. 저만치 혼자 걷는 해강이가 보였다. 말구 때문인지 어깨가 축 처져 있었다. 나는 달려갔다.

"해강아! 이거."

숨을 헐떡이며 가방 속에서 상자를 꺼내 건넸다.

"이게 뭐야?"

"그냥!"

내 말에 해강이가 웃었다. 그 자리에서 해강이가 포장을 뜯었다.

"대박! 고마워. 이어폰 고장 나서 안 쓴 지 한참 됐어. 와! 완전 고마워!"

해강이 목소리는 평소보다 한 옥타브는 높았다. 아까 버스에서의 일이 내내 마음에 걸렸는데, 좋아하니 다행이다.

"고마워할 거 없어. 오다가 주운 거야."

나는 농담처럼 말했다. 해강이는 휴대폰을 꺼내 이어폰을 꽂았다.

"잘 들린다."

해강이가 말했다. 마음이 후련했다.

금요일에는 수업 끝나자마자 엄마 가게로 갔다.

우동 가게는 셀프다. 내가 있으면 주문받을 때 물을 갖다주기는 하지만 평상시는 물도 셀프, 단무지랑 김치도 손님들이 알아서 가져다 먹는다. 엄마는 가게에 출근하자마자 육수를 만들고 우동 반죽을 해 놓는다. 그러면 하루 장사 준비 끝이다. 손님이 오면 밀가루 반죽을 기계에 넣어 면을 뽑아 삶기만 하면 된다. 아르바이트하는 아줌마는 저녁 시간에만 온다.

나는 엄마가 우동 면을 건져 내어 국물을 부으면 거기다 김가루, 유부, 쑥갓 고명을 얹었다. 우동 그릇을 쟁반에 담아 손님한테 갖다주는 서빙도 내 몫이었다. 왜 그런지 모르겠는데 금요일에는 손님이 많다. 가게 문을 열고 들어왔다가 테이블이 꽉 찬 걸 보고 나가는 사람도 여럿 있었다. 등산복 차림을 한 분들이 밖에서 차례를 기다리는 모습도 보였다.

손님이 한차례 빠져나갔을 때 내가 말했다.

"아이고! 팔, 다리, 어깨, 허리야. 손님 두 번만 더 왔다간 내 몸 다 부서지겠어."

"엄살 하고는. 잠깐 한 거 가지고 그러면 엄마는 열 번도 더 부서졌게?"

엄마가 행주로 테이블을 닦으며 웃었다. 가게에는 엘가의 〈사랑의 인사〉가 잔잔히 흘러나왔다.

여섯 시에 아르바이트 아줌마가 출근하자 가게를 나왔다. 나올 때 엄마가 삼만 원을 줬다. 가게에 나가 일을 도우면 엄마는 내가 용돈이 떨어진 줄 알아차린다. 미소 생일 선물 사기에 용돈이 부족했던 것이다.

지하도를 건너 쇼핑몰이 밀집된 출구로 나왔다. 고민이 많았다. 핸드크림, 다이어리, 손거울 등등. 고민 고민 끝에 결국 시집을 샀다. 고래가 하늘을 향해 날아오르는 표지가 마음에 들었다. 원래는 다이어리를 사고 축하 카드를 쓰려고 했다. 그런데 난 미소의 취향을 잘 모른다. 그러고 보니 미소랑 단둘이 얘기해 본 적이 단 한 번도 없다.

다음 날 10분 늦게 햄버거집에 도착했다. 샤워하고, 드라이하고, 이 옷 저 옷 입어 보느라 조금 늦었다. 오전인데도 햄버거집에는 손님이 많았다. 나는 계단을 올라 2층으로 갔다. 친구들은 창가에 앉아 있었다. 나를 발견한 미소가 손을 흔들었다.

나는 성큼 그 자리로 갔다. 그런데 눈이 튀어나올 일이 벌어졌다. 미소 옆에 황효정이 앉아 있었다.

"어서 오시오! 참! 인사해. 학원 친구야. 내가 불렀어. 알지?
4반 효정이."

미소가 말했다. 내 머리에 폭탄이 떨어진 것 같았다. 뭐지, 이
상황은? 나는 효정이한테 건성으로 인사했다. 효정이는 나를 보
고 미소를 띤 채 눈인사를 했다.

더 이상한 건 그다음이었다. 친구들은 거리낄 것 없이 효정이
와 어울렸다. 무슨 얘기를 하면 까르르 웃고, 특히 미소는 친한
듯 팔을 자주 붙잡았다.

"다 왔으니 주문하자."

미소가 말했다. 미소가 각자의 메뉴를 받아 적더니 나에게 말
했다.

"같이 가자."

그래, 내가 제일 만만하겠지. 새 친구 효정이에게 이런 일은 시
키고 싶지 않겠지. 햄버거 셔틀, 콜라 셔틀, 내가 셔틀 전문인가?

미소와 1층에 같이 내려갔다. 미소와 나는 주문을 하고 음식이
나올 때까지 멀뚱멀뚱 다른 손님들만 쳐다보았다.

진동벨이 울렸다. 미소와 나는 빨대와 냅킨을 쟁반에 담아 2층
으로 올라갔다. 무슨 얘기 중이었는지 다들 효정이를 쳐다보며
웃고 있었다. 테이블 위에 쟁반을 내려놓자 설아가 자기 옆자리
에 놓아둔 작은 케이크를 개봉했다. 촛불을 켜고 생일 축하 노래

를 불렀다. 노래가 끝나자 미소가 촛불을 껐다. 우리는 익숙하게 짝짝짝 박수를 보냈다.

버거를 먹기 전에 각자 준비한 선물을 내밀었다. 친구들은 에코백, 보조 배터리, 네일 스티커를 내놓았다. 효정이는 네모난 상자를 건넸다.

"뭐야?"

미소가 기대에 찬 목소리로 물었다.

"거울."

효정이가 대답했다.

"와! 완전 마음에 들어."

포장지를 뜯자마자 미소가 말했다. 나는 조심스레 시집을 내밀었다.

"나 책 안 읽잖아."

미소가 나를 보고 장난스럽게 웃었다.

"시집이야."

내가 말했다. 짧은 글이니 읽기 편하다는 뜻으로 한 말이었다.

"시집이고 뭐고 난 책만 봐도 졸려."

미소는 솔직하다. 나에게 상처 주려고 일부러 한 말이 아니었을 것이다. 선물을 잘못 골랐나 싶어 속상했다. 그때 아람이가 말했다.

"라면 냄비 받침으로 쓰면 되잖아."

농담처럼. 미소가 피식 웃었다.

"아니야. 이 기회에 나도 시 좀 읽지 뭐. 다현아! 선물 고마워."

미소가 시집을 가방에 넣으며 말했다. 햄버거는 맛이 없었고 새로 출시된 음료는 시큼털털했다. 목에 뭐가 걸린 것처럼 내내 기분이 찜찜했다.

"나 작년 생일에 엄마랑 놀았다는 거 아니니. 밀랍인형 전시회 가고, 피자 먹고, 완전 극기 훈련이었어."

효정이가 쾌활한 목소리로 말했다.

"맞아. 엄마랑 노는 건 재미없지."

미소가 맞장구를 쳤다. 이 말이 뭐 웃기다고 친구들은 단체로 까르르 웃었다.

나는 고개까지 젖히며 웃는 설아와 눈을 맞추려 무진장 노력했는데, 설아의 눈길은 효정이한테만 가 있었다.

"나중에 대학 가면 호텔 빌려서 생일 파티 할 거야. 친구들도 많이 부르고, 천장 가득 풍선도 매달고. 와인도 마셔야지. 그때 는 멋진 애인도 있겠지?"

효정이가 꿈을 꾸듯 말했다. 효정이는 연예인 같고 다른 아이 들은 공개방송에 나온 방청객 같았다. 효정이가 무슨 말만 하면 웃거나, 맞장구를 치며 성의 있게 반응했다. 나는 리액션 못하는 무능한 게스트처럼 음료만 홀짝홀짝 마셨다.

"효정이 너, 지금은 남자친구 없어?"

아람이가 물었다. 효정이는 웃으며 고개를 살래살래 흔들었다.

"없구나. 하긴, 그 많은 애들 중에 누굴 고르기도 쉽지 않을 거야. 효정이 너, 널 좋아하는 남자 리스트 만들었다며? 몇 명이야?"

아람이가 또 물었다.

"누가 그래? 리스트 안 만들었어."

"그래도 널 좋아하는 애 많잖아. 우리 학교에서만 몇 명이야?"

"몰라. 한 다섯 명?"

효정이가 웃으며 대답했다.

"다섯 명밖에 안 된다고? 두 배는 더 되겠다."

이 말은 설아가 했다.

"아니야. 나 그렇게 인기 있는 거 아니야. 나 좋다고 하다가도 빛의 속도로 떨어져 나가. 내가 사람을 좀 질리게 하거든."

효정이는 또 킬킬 웃었다. 이런 화제가 즐거운 모양이었다.

"방송반 정현우는 어때? 걔 아직도 너 좋아해?"

아람이가 물었다. 그러면서 처음으로 나를 슬쩍 쳐다보았다. 착각이 아니었다. 정말 나를 쳐다보았다. 정현우라고 말하는 바로 그 대목에서.

"현우? 에이, 뭐……."

효정이가 말꼬리를 흐렸다. 정현우랑 상당한 사연이라도 있는 분위기였다.

"말해 봐, 말해 봐! 뭐야? 현우랑 어떻게 된 거야? 너 키스했다는 애가 혹시 현우 아냐?"

설아가 장난스럽게 물었다. 나는 설아를 쳐다보았다. 내가 현우를 짝사랑하는 걸 알고 있는 설아다. 아까부터 설아는 나를 한 번도 쳐다보지 않았다.

"아니야! 현우 아니야."

효정이가 손사래를 치며 웃자 친구들도 효정이를 따라 웃었다.

내가 예민한가? 죽을 때까지 다섯 손가락 멤버가 지속되기를 바랐던 거야? 새 친구를 영입할 수도 있지. 그 친구가 하필이면 시민중 맵상 1위일 수도 있는 거지. 살다 보면 비호감이 호감으로 바뀔 수도 있지. 그리고 황효정이 정현우랑 사귈 수도 있지. 내 친구들이 나를 괴롭히려고 이런 일을 벌인 건 아니잖아.

이렇게 생각하려고 노력했다. 그런데 내 마음이 생각을 따라가지 못했다.

효정이는 그날, 그 자리에서 우리 단톡방에 초대되었다. 요즘 들어 하루에 한차례 대화 없이 지나가는 날도 많았던 단톡방에 갑자기 활기가 넘쳤다.

- 학교 홈페이지에 효정이 나온 사진 연출한 거야? 오전 9:15

- 헐! 아람이 완전 일찍 일어났네. 일요일은 기본적으로 열두 시까지는 자 줘야 하는 거 아님? ㅋㅋㅋ 오전 10:51

- 벌써 교회까지 갔다 왔다네. 오전 10:55

- 벌써? 오전 10:55

- 아침 일찍 갔다 왔징. 오전 10:56

- 내 얘기 하고 있었네. 피구하는 사진 말이지? 그거 연출 아니야. 체육 수업 하는 거잖아. 오전 10:58

- 그런가? 꼭 화보 같아. 아부아부. ㅋㅋ 오전 10:59

- 화보는 무슨! 오전 10:59

- 그런데 너 진짜 현우랑 사귈 거야? 오전 11:03

- ??? ㅋㅋㅋ 모르겠어. ㅋㅋ 오전 11:05

- 사겨라. 사겨라. 오전 11:07

- 사겨라. 사귄 다음에 차 버리면 되잖아. 오전 11:08

- 나는 이 커플 찬성일세. ㅋㅋㅋ 오전 11:08

- ㅋㅋㅋㅋ 오전 11:09

대화에 끼어들고 싶은데 할 말이 없었다. 틀린 맞춤법 '사겨라' 만 자꾸 거슬렸다. 사귄 다음에 차 버리라는 설아의 말도 충격이었다. 나는 여태 설아를 몰랐던 걸까. 아무렇지도 않게 저런 말을 하는 게 이해가 가지 않았다.

그러니 그저 대화를 구경할 수밖에 없었다. 환상의 팀워크를 자랑하던 우리 다섯 손가락 단톡방 어디에도 나의 포지션은 없었다. 어쩌면 처음부터 없었을지도 모른다.

5월이 온 줄도 몰랐다.

"어린이날 가게도 쉬는데 우리 백화점 갈까? 어린이인 척하면서 막 돌아다니는 거야. 운동화라도 하나 사고. 어때?"

아침에 나가는데 등 뒤에서 엄마가 말했다. 나는 모든 게 다 귀찮아서 이렇게 대답했다.

"나 그날 약속 있어."

등굣길에 또 시후를 만났다. 시후가 옆에서 계속 떠들었다.

"벌써 하복 입은 애들도 있더라. 그런데 넌 재킷까지 입고 안 덥냐? 재킷은 안 입고 조끼만 입고 다녀도 돼. 참! 나 기사 거의 다 써 간다. 편집회의에서 보여 줄게."

정말 시끄러웠다. 나는 그 자리에서 땅으로 푹 꺼지고 싶었다.

"시후야! 나 잠깐 집에 갔다 와야 해. 너 먼저 가."

나는 시후를 따돌리고 발길을 되돌렸다. 동네를 빙빙 돌아다녔다. 다세대주택과 빌라가 이어진 좁은 골목으로만 걸었다. 내 안에서 많은 질문들이 쓰나미로 쏟아졌다.

정말 궁금했다. 미소가 효정이랑 어쩌다 갑자기 친해졌는지. 친구들은 어떻게 효정이를 받아들이게 된 건지. 어떻게 그런 일이 벌어질 수 있는지. 그 과정을 왜 나만 몰랐는지.

연달아 이어지는 질문. 자기들은 효정이랑 친하게 지내면서 내가 노은유와 과제하는 건 왜 그렇게 싫어하는지. 효정이와 현우를 자꾸 엮는다는 느낌이 드는 건 내 자격지심인 건지.

효정이 얼굴도 자꾸만 떠올랐다. 효정이가 웃던 모습, 커다란 눈, 이마 위 잔 머리털까지. 그래 봤자 황효정은 시민중학교 밉상 1위라고 생각하려고 애썼다. 마음만 먹으면 쉽게 효정이의 단점을 찾아낼 수 있다.

그렇지만 마음이 그 방향으로 움직여지지 않았다. 황효정은 이리 봐도 당당하고 저리 봐도 멋지다. 거침없이 축구 경기에 뛰어들고, '내가 사람을 좀 질리게 하거든.'이라는 말도 서슴없이 내뱉는 아이. 누군들 이런 아이를 안 좋아할까.

그러니 내 친구들이 항복했겠지. 누가 봐도 매력적이니 친해지고 싶었겠지. 질투심만 털어내면 된다. 효정이가 우리 그룹에 들어오면 같이 격이 올라간다고 계산했을 것이다. 아! 그런데 우리 그룹 맞나? 나 아직도 다섯 손가락 멤버 맞나?

그때 교복 치마 주머니에서 요란하게 진동음이 울렸다.

"여보세요."

"다현아! 너 어디야? 학교 왜 안 와? 아까 시후가 너 봤다던데 지금 어디야?"

담임이 다급한 목소리로 말했다. 내가 납치라도 당했다고 생각한 걸까? 많이 놀란 것 같았다.

"죄송해요. 제가 전화드린다는 걸 깜빡했어요. 배 아프고 설사가 나서 학교 못 갈 거 같아요. 죄송합니다."

"그래? 장염이야? 아이고, 어쩌다가. 그래 알았다. 참, 병원 확인서 발급받아 오는 거 잊지 말고. 조리 잘하고 내일 보자. 아니, 내일 상태 보고 연락 줘."

신기했다. 이런 순발력은 또 어디서 나왔을까? 그런데 거짓말을 하고 나니 진짜 배가 아팠다. 나는 집을 향해 바삐 걸었다.

이제 그만!

장염으로 이틀 결석했다. 죽만 먹어도 화장실을 가야 했다. 밤에는 잠이 오지 않았다. 잠깐 잠들었다가도 금방 깼다. 어둑한 새벽, 내 방에 혼자 있으니 눈앞에 보이는 것들이 현실인지 꿈인지 분간이 가지 않았다. 내가 결석을 해도 아람이나 병희는 문자 한 통 없었다. 다섯 손가락 단톡방에서도 내 얘기는 한마디 없이 여전히 알콩달콩 수다 중이었다.

학교 가기 전날, 엄마한테 전학 가면 안 되느냐고 물었다.

"왜? 무슨 일 있어? 혹시 누가 괴롭혀?"

엄마가 깜짝 놀라서 물었다. 엄마는 내가 학교 앞에서 사 먹은 닭발 때문에 장염에 걸린 줄 알고 있다.

"아니야! 농담. 그냥 다른 학교에 한번 다녀 보고 싶어서. 교복 예쁜 학교 있잖아. 우리 학교 교복 너무 후져."

"고등학교 가면 새 교복 입을 텐데 뭘. 우리 다현이 1년 반만

참아. 고등학교 가면 멋진 인생이 열릴 거야. 입시지옥이 근사하게 펼쳐질 테니 기대해."

엄마는 이렇게 말하고 장난스럽게 웃었다. 나도 같이 웃어 주었다.

이틀 사이 살이 빠진 건지 치마가 헐렁했다. 학교에 가니 그사이 짝이 바뀌어 있었다. 드디어 짝을 바꾼 건가? 내 짝은 여자애였다. 우리 반인지조차 잘 몰랐던 아이.

은유와 해강이, 시후는 각각 앞자리, 창가 자리로 뚝 떨어져 앉았다. 그런데 아람이와 병희는 앞뒤로 앉게 되었다. 속이 쓰렸다. 언제나 그랬다. 신이 온전하게 내 편일 때는 한 번도 없었다.

"너, 많이 아팠냐?"

해강이가 내 자리로 와서 물었다. 그게 뭐 대단한 말이라고 코끝이 시큰해졌다. 눈물이 나오려는 걸 억지로 참았다.

수업 시간 동안 먼지처럼 앉아 있었다. 쉬는 시간에 교실 밖으로 나가는 아람이, 병희와 눈이 마주쳤다. 찰나의 알 수 없는 눈빛. 눈인사를 하는 건지 외면하는 건지 알 수 없었다.

점심 급식은 돈가스였다. 이 와중에도 식욕이 돋았다.

"어린이날 시간 돼? 우리 집에서 편집회의 하면 좋겠는데, 가능해?"

밥을 먹는데 은유가 내 자리로 와서 말했다.

"알았어."

대답을 들었는데도 은유는 자기 자리로 가지 않고 물끄러미 나를 쳐다보았다. 나는 숟가락을 든 채 물었다.

"왜 쳐다봐? 내가 너무 예뻐서?"

불쑥 농담이 튀어나왔다. 그러자 은유가 씩 웃었다.

"아니. 밥 잘 먹는 거 보니 보기 좋아서. 이제 다 나은 거지?"

은유 말에 또 코가 찡했다. 그때 시후가 다가와 은유와 나를 번갈아 쳐다보며 물었다.

"다현이 된대?"

시후를 보며 은유가 고개를 끄덕였다. 나도 시후를 쳐다보며 고개를 끄덕였다.

"그럼 어린이날 열한 시에 은유네 집에서 보는 걸로 하자. 참! 나 밥 먹고 우유 상자 갖다 놔야 하는데 혼자 가기 싫다. 같이 갈 사람!"

시후가 우리를 둘러보며 말했다.

"아! 다현아, 너 병원 확인서 내야 하지 않아? 나 교무실에도 가야 하는데 같이 가자."

시후가 나를 빤히 쳐다보았다. 귀찮았지만 어차피 교무실에 가야 했다.

"그런데 너, 봉사 점수 몇 점이야?"

같이 우유 박스를 들고 계단을 내려가며 시후가 물었다.

"몰라. 그러고 보니 넌 자사고 갈 거라 봉사도 챙겨야겠구나."

내 말에 시후가 한숨을 푹 내쉬었다.

"자사고! 아마도 물 건너간 듯!"

"왜? 왜 물 건너가?"

"이번 중간고사 국어 망쳤어. 서술형에서 두 개, 객관식에서 하나, 총 세 개 틀렸잖아. 아! 정말 죽고 싶다. 그런데 객관식 7번 문제는 복수 정답 인정해 준다는 소문이 있어서 교무실에 찾아가 보려고."

시후 말에는 절망이 구름처럼 깔려 있었다. 나도 답답했다. 뭐라고 위로를 해 주고 싶은데 할 말이 없었다.

"너무 걱정하지 마. 기말에 잘 보면 되잖아."

"애고, 수행 만점 깔고 기말에 올백 맞아도 만회될 성적이 아니야. 수학도 하나 틀렸어. 영어도 도저히 답이 없다."

시후가 나를 쳐다보며 씁쓸하게 웃었다. 웃음 뒤끝에도 걱정이 한가득 매달려 있었다. 안쓰러웠다. 시험 몇 개 틀린 거 갖고 저러다니, 나로서는 도저히 알 수 없는 경지다.

우유 박스를 갖다 놓고 난 뒤, 시후랑 교무실에 갔다. 확인서를 내고 교무실을 나오면서 보니 시후는 지금까지 본 적 없는 심각한 표정으로 선생님과 얘기하고 있었다.

심란해서 산책이라도 하자 싶어 운동장으로 나갔다. 청정한 하늘에 구름이 떠다녔다. 얼마 만에 보는 하늘인지. 교복 주머니에서 휴대폰을 꺼내 하늘 사진을 찍었다.

수돗가로 갔다. 물을 틀었더니 찬물이 콸콸 흘러나왔다. 손을 씻을까 하다가 찬물이 닿으면 또 설사를 할까 봐 그냥 수도꼭지를 잠갔다. 문득 이런 내 모습을 누가 볼까 봐 두려웠다. 혼자 운동장을 서성이는 아이, 한심해 보일까? 이어폰을 들고 나올 걸 그랬다. 은따로 지낼 때 터득했다. 혼자 음악을 들으며 다니는 아이는 멋있게 보일 때도 있다.

어디선가 꽃향기가 났다. 보라색 꽃이 피기 시작한 등나무 벤치 쪽으로 눈길이 갔다. 그리고 벤치에 앉아 있는 아이들이 눈에 들어왔다. 미소 옆에 효정이가 앉아 있고, 맞은편 벤치에 아람이, 병희, 설아가 앉아 있었다. 얼굴이 화끈 달아오르고 가슴이 뛰었다. 어쩌지? 친구들도 나를 바라보고 있었다.

1초? 2초? 친구들은 금방 나에게서 눈을 거두고 자기들끼리 뭔가 이야기를 했다. 설아만 나를 조금 더 쳐다보았다. 설아가 나를 보고 웃었던가? 모르겠다. 그런데 거기로 오라는 손짓은 하지 않았다.

그래도 나는 갔다. 직접 확인하고 싶었다. 소중한 친구들을 잃은 게 현실인지, 만에 하나 오해는 아닌지. 앞으로 나의 태도를 정할 필요도 있었다. 친구들이 나를 따돌리든 말든 비굴하게라도 그 애들 곁에 붙어 있을지, 아님 다시 은따가 될지.

내가 다가가자 미소, 병희, 효정이가 나를 슬쩍 쳐다보았다. 아람이는 끝내 나를 못 본 체했다. 설아가 어색하게 웃으며 말했다.

"여기 앉아."

그런데 셋이 앉은 벤치에 내가 엉덩이를 걸칠 틈이 없었다. 맞은편 미소와 효정이는 처음부터 붙박이였던 것처럼 나를 위해 틈을 내주지 않았다. 나는 그냥 그 자리에 서 있었다.

"그냥 한 시 걸로 예매해. 조조는 무리야."

"그럴까."

"예매는 그럼 병희가 할래? 너 할인 쿠폰 있다고 했잖아."

"그러지 뭐. 내가 예매할 테니 그날 만나서 돈 줘. 그런데 어린이날이라 쿠폰 쓸 수 있을지 모르겠다. 안 되면 단톡방에 얘기할게."

병희가 말했다. 이제 저런 일을 병희가 하는구나. 언제나 내 역할이었는데. 할 말을 다 했다고 여겼는지 아람이가 벌떡 일어났다. 그러자 다른 친구들도 따라 일어났다. 친구들은 교실 쪽으로 걸음을 옮겼다. 나는 그냥 그 자리에 서 있었다.

"영화 보러 가기로 했거든. 알지?"

설아가 떠나기 전에 나에게 말했다. 알지. 왜 모르겠어? 단톡
방에서 어린이날 영화 보러 가자는 얘기 계속 했었잖아. 나 따돌
리고 단톡방 새로 안 만든 걸 고마워해야 하나?

속으로 이런 말들이 떠올랐지만 나는 대답 대신 고개를 끄덕였
다. 그리고 그 애들과 반대 방향으로 걸었다.

아직도 점심시간이 많이 남았다. 남은 시간 동안 혼자 뭐 하
지? 어디로 가지? 그래도 봄이다. 쓸쓸한 봄날.

어린이날에 늦잠을 자고 일어났더니, 엄마가 벌써 떠나고 없었
다. 엄마의 오랜 친구인 자경이 아줌마랑 부여에 가서, 신동엽문
학관에도 가고 백마강에서 유람선도 탈 거라고 했다.

빨래 생각부터 났다. 엄마가 일찍 나가야 하니 나더러 빨래를
하라고 했었다. 아래층 주인집 아들이 고3이라 새벽에 세탁기를
돌리면 안 된다면서.

그런데 다용도실로 갔더니 빨래건조대에 말끔하게 세탁된 옷
들이 걸려 있었다. 엄마가 손빨래를 해 놓고 나간 것이다. 세탁기
돌리기 싫어서 괜히 툴툴댔던 게 마음에 걸렸다.

- 빨래하려고 했는데 엄마가 다 해 놨네. 미안. 불효녀가. 오전 10:13

나는 엄마한테 톡을 보냈다. 금방 답문이 왔다.

- 티셔츠랑 양말 몇 개밖에 없어서 샤워할 때 후딱 빨았지. 괜찮아. 오늘 즐겁게 보내. ^^ 오전 10:14

식탁 위에는 김밥이 놓여 있었다. 대체 몇 시에 일어났기에 김밥도 싸고 빨래도 해 놓은 걸까? 하여간 대단한 엄마다. 김밥은 양도 많았다. 나는 두 점만 집어 먹고는 남은 김밥을 알루미늄 포일에 쌌다.

창문을 열어 환기를 시키고, 샤워를 하고, 청소기를 돌린 뒤 집을 나섰다. 약속 시간에 맞춰 은유네 집에 도착하니 벌써 다들 와 있었다. 은유 아빠는 일이 많아서 사무실에 출근하셨다고 했다. 시후와 해강이는 트레이닝복 차림으로 거실에서 텔레비전을 보고 있었다. 지금쯤 그 애들은 영화관에서 만났겠지. 아니다, 생각하지 말자. 나는 김밥을 꺼냈다.

"우와, 이렇게 맛있는 김밥은 처음 먹어 봐."

"나도. 다현이 너희 엄마 솜씨 진짜 좋다."

김밥을 먹으며 은유와 해강이가 감탄사를 연발했다.

"우리 엄마 우동 가게 하셔. 몰랐어?"

내 말에 다들 깜짝 놀란 표정이었다.

"어디? 어디에서 하셔? 우리 같이 먹으러 가자."

은유가 가장 적극적으로 반응했다. 빈말 같지는 않았다. 어느새 우리는 편집회의를 한다고 은유네 집에 모여서 뭘 먹고, 수다떠는 게 익숙해졌다. 그런데 시후가 평소와 달리 말이 적었다. 김밥도 잘 먹었고, 표정도 썩 나빠 보이지 않았지만 나는 시후가 신경 쓰였다.

소파 테이블 위에는 은유가 쓴 기사가 놓여 있었다. 나도 '안아주세요' 기사 개요를 가방에서 꺼냈다.

"미안. 난 아직 다 못 썼어. 손봐야 할 것도 많고."

시후가 말했다.

"괜찮아, 괜찮아. 나도 쓰는 중이야. 아직 시간도 있고, 금방 쓰면 돼."

해강이가 시후를 위로하려는 듯 말했다.

"국어 복수 정답 인정 안 된다고 했다는데, 괜찮아?"

내가 시후를 쳐다보며 조심스럽게 물었다. 은유와 해강이도 긴장된 눈빛으로 시후를 쳐다보았다.

"괜찮아! 덕분에 자사고 깨끗하게 포기했어! 속이 다 시원해."

시후가 말했다. 말뿐이 아니라 진짜로 속 시원한 표정이었다. 내가 물었다.

"겨우 몇 개 틀린 것 가지고 벌써 포기해야 돼? 아직 1년 반이

나 남았잖아."

"원래 입시라는 게 한두 문제로 인생이 바뀌는 거거든. 전국구 자사고 포기하겠다고 했더니 담임도 잘 생각했다고 하시더라. 여기서 미련 더 가져 봤자 미련곰탱이밖에 안 된다면서."

"부모님은 뭐라고 하셔?"

은유가 물었다.

"와! 진짜! 완전! 나 이번에 우리 부모님 존경하게 됐잖아."

시후의 목소리 톤이 높아졌다. 나는 침을 꼴깍 삼키며 시후를 쳐다보았다.

"아빠는 괜찮다 그러셨어. 아빠가 평소에 별말이 없는데, 괜찮다! 그러면 진짜 괜찮은 거야. 그런데 우리 엄마는 뭐라 그랬는지 아냐?"

시후는 여기까지 말한 뒤 우리를 둘러보았다. 큰 소리로 떠벌떠벌하는 걸 보니 김시후 맞네.

"아이고, 잘됐다! 이러면서 축하의 의미로 치킨 시켜 줬어. 자사고 가려면 평소에 면접 대비 심화 학습 해 놔야지, 봉사 챙겨야지, 시험문제 하나 때문에 피 말리지, 완전 개고생인데, 이제 즐겁게 중학교 생활 하래."

"다행이다. 하긴 너희 엄마 좀 멋지시지."

은유가 미소를 띠며 말했다.

"하여간 우리 엄마의 회복력 대단하지? 나도 엄마의 낙천적인 성격 닮고 싶어. 근데 은유 넌 자사고 생각 없어? 아님 특목고라도. 너야말로 자격 다 갖췄잖아."

시후가 은유에게 물었다.

"전혀! 난 일반고 갈 거야. 얘기하자면 긴데, 어쨌든 난 무조건 일반고!"

은유가 쾌활한 목소리로 말했다. 그때 내가 시후를 쳐다보며 물었다.

"자사고 안 갈 거면 이제 내신 빡세게 신경 안 써도 되니까 마을신문은 시들해졌겠네."

"그건 아니지. 나 기자 될 거야. 내 꿈이 얼마나 큰지 넌 상상도 못 할 거다. 오늘 기사는 안 갖고 왔지만 초고는 써 놨어. 우리 마을신문 잘 만들어 보자고."

"그래! 마을신문 잘 만들어서 최우수상 타 보자. 나는 상이라고는 주일학교 개근상밖에 못 타 봤어."

시후 말에 해강이가 맞장구를 쳤다. 해강이가 배시시 웃어서 은유와 나도 따라 웃었다.

"우리 이거 후딱 검토하고 뭐 좀 더 먹자."

은유가 테이블 위에 놓여 있는 기사를 집어 들며 말했다.

은유는 출력한 사진들을 보여 주었다. 나랑 만났던 날 찍은 동네 사진들, 독립영화 화면을 캡처한 사진도 있었다. 그런데 거기에 내 사진도 끼어 있었다.

"어? 언제 찍었어?"

내가 물었다. 스냅사진 속의 나는 옆모습이었다. 내가 화장대 서랍을 열 때 은유가 찍은 듯했다.

"내가 너무 조용히 찍었나? 이거 말고 사진 한 장 더 있어. 기념으로 출력했지. 내가 친구 집에 가 본 게 처음이거든."

은유가 덤덤하게 말했다.

"대박!"

해강이가 소리를 질렀다. 해강이는 어휘력이 달려서 아무 때나 대박이라고 말한다.

"그전에 친구 집에 가 본 적이 없다고?"

시후도 놀란 목소리로 물었다.

"난생처음은 아니고, 유치원 때 생일잔치하는 친구 집에 가기는 했었지."

"헐! 왜?"

"은따였으니까."

은유가 말했다.

"대박!"

"정말? 애들이 널 질투한 거 아냐?"

"질투가 아니고 내가 적응을 잘 못했던 거지. 초등학교 3학년 때 미국 가서 2년 동안 있다가 귀국했거든."

"미국에 있었다고?"

"아빠가 판사였을 때 연수 간 거였어. 아빠 귀국한 뒤에도 엄마랑 1년 더 있다가 온 건데, 학교에 나 말고도 외국 있다가 온 애들이 좀 있었거든. 그 애들은 잘 지냈는데, 나는 사교성도 없고, 애들이 날 안 좋아하더라고."

"속상했겠다."

"은유 힘들었겠다. 혹시 그거 때문에 전학 온 거야?"

"아니. 그건 아니고. 이런 말 하면 이상하게 들릴지 모르겠지만, 난 은따인 듯, 은따 아닌, 은따같이 지냈어. 처음엔 힘들었지. 너무 힘들어서 도망가고 싶었어."

은유는 여기까지 말하더니 살짝 웃었다. 우리 셋은 눈을 동그랗게 뜨고 그러는 은유를 바라보았다.

"엄마한테 전학 가고 싶다고 말했어. 미국으로 다시 가든지, 전학을 가든지 하자고. 그랬더니 엄마가 그러셨어. 세상 사람 모두가 나를 좋아하는 건 불가능한대. 인기 최고인 연예인도 안티는 있잖아. 듣고 보니 맞는 말이더라고."

"완전 팩트 폭격이다."

"전교생 모두가 좋아하는 친구도 없지 않느냐고. 그러니 나를 미워하는 애들은 신경 쓰지 말래. 나를 좋아하는 사람들한테만 집중해도 인생이 짧다고 하셨어."

"말은 쉬운데, 그게 잘 안 되지."

시후가 말했다. 은유가 시후를 보며 고개를 끄덕였다.

"엄마 말처럼 나를 좋아하는 친구한테 집중하고 싶은데, 나를 좋아하는 애가 없는 거야. 그래서 난 그냥 공부했어. 영어로 된 책도 엄청 읽었어. 진지충 소리도 많이 들었는데, 뭐 어때? 나중에는 아이들이 날 싫어하거나 말거나 신경도 안 쓰이더라."

"대박! 나는 죽었다 깨어나도 그런 거 못 해."

해강이가 고개를 절레절레 흔들었다.

"이제는 혼자 잘 지내는 편이야. 책 읽고, 영화 보고, 수영장 다니고. 우르르 무리 지어서 다니는 거, 사실은 별로 안 좋아해. 그러니 아쉬울 것도 없어. 집에 혼자 있으면 외로울 때도 있지만, 수많은 작가와 감독이 소중한 선생님이고 친구잖아."

"와! 여러분은 지금 오리지널 진지충님의 말씀을 듣고 계십니다."

시후가 익살스럽게 말했다. 농담인데 나는 따라 웃을 수 없었다.

"어차피 우리 모두는 나무들처럼 혼자야. 좋은 친구라면 서로에게 햇살이 되어 주고 바람이 되어 주면 돼. 독립된 나무로 잘

자라게 서로에게 도움이 되는 존재. 그러다 보면 과제할 때 너희처럼 좋은 친구도 만나고, 봉사활동이나 마을 밥집 가면 거기서 또 멋진 친구들을 만나. 그럼 됐지 뭐."

은유가 세상 다 산 노인처럼 말했다. 그때 해강이가 손을 번쩍 들고 물었다.

"잠깐만! 우리가 좋은 친구야? 은유 너한테?"

"아닌가? 좋은 친구 맞잖아."

은유가 말꼬리를 흐리며 배시시 웃었다. 그러고는 우리의 눈치를 살피며 말을 이었다.

"그런데 나는 일대일로 친해지는 건 어려워. 단짝 친구 될 것 같으면 내가 막 철벽 친다?"

"왜? 왜 철벽을 쳐? 그러지 마."

"맞아. 그거 스따 기질이야."

해강이와 시후가 심각한 얼굴로 말했다. 나는 은유가 하는 말을 잘 알아들었지만 대화에 끼어들지 않았다.

"스따?"

"스스로 따돌리는 사람. 자발적 왕따라고 하나?"

시후가 말했다.

"물론 이러다 달라질지도 모르지. 그전에는 우리 집에 친구도 못 오게 했었어. 그런데 이제는 너희들이 와도 편해. 다현이네 집에도 가 봤잖아."

은유는 이렇게 말하며 활짝 웃었다.

시후가 배고프다며 돈 걷어서 짜장면을 시켜 먹자고 했다. 해강이는 돈이 없다고 했고, 나도 주머니에 이천 원밖에 없었다. 그러자 은유가 냉동실에 있던 피자를 데워 왔다.

"매번 얻어먹어서 좀 민망하네."

시후가 피자 한 조각을 떼며 말했다.

"그럴 거 없어. 이 집에 아빠랑 둘만 사는데 냉장고에 먹을 게 너무 많아. 고모도 자꾸 반찬하고 과일 갖다주시고, 이모도 손이 커서 마트 갈 때 엄청 많이 사 오셔. 너희들이 다 처리해 주면 나야 고맙지."

은유는 생각난 김에 또 일어나더니 오렌지주스와 토마토, 과자들을 가지고 왔다. 테이블에 먹을 게 가득했다. 편한 어린이날 오후였다.

거실에서 노닥거리며 이것저것 먹다가 누가 먼저랄 것도 없이 은유 방으로 자리를 옮겼다. 해강이는 방에 들어가자마자 책꽂이에 꽂혀 있던 은유 앨범을 꺼냈다. 돌아가신 은유 엄마랑 찍은 가족사진, 유치원 시절 사진, 미국 학교 다닐 때 사진들이었다. 그중에서 우리의 눈길을 끈 사진이 한 장 있었다.

"어? 이 사진은 뭐야? 벽화 같은데? 시위하는 그림 같아."

시후가 말했다. 우리는 고개를 쑥 빼서 사진을 자세히 들여다보았다. 거대한 벽화 앞에서 파란색 반팔 티셔츠를 입은 초등학생 은유와 은유의 엄마가 카메라를 향해 활짝 웃는 사진이었다.

"시위하는 그림 맞아. 베트남전쟁 반대시위도 있는 거 같고, 흑인인권운동 메시지도 있는 그림일 거야. 버클리대학 근처에 이 벽화 있어. 아빠가 이 그림을 참 좋아하셨어. 아빠는 기억을 중요하게 생각하셔. 기억해 주는 것, 이게 사랑이래. 개인이든 역사든 말이야. 아! 여기, 아빠가 사진 제목 붙여 놓은 거 있네."

이러면서 은유는 사진 옆에 써진 제목을 유창한 발음으로 읽었다.

"A people's history of Telegraph avenue."

은유가 영어로 말하는 걸 처음 듣는 건 아니지만 시후와 해강이 그리고 나는 엄지를 치켜들며 이렇게 말했다.

"오! 대박!"

"죽인다."

그리고 서로를 쳐다보며 킬킬 웃었다.

우리는 은유네 집에서 나와 동네 화장품 가게로 갔다. 은유가 화장품 가게에 가 보고 싶다고 했고, 시후도 마침 어버이날 선물을 사려던 참이었다. 시후는 부모님의 로션을 샀고, 은유도 아빠

스킨 로션 세트를 골랐다. 나는 은유한테 틴트와 아이섀도를 골라 주었다. 솔직히 은유한테 맞는 틴트를 고르느라 힘들었다. 은유는 뭘 발라도 입술이 겉돌았다.

핸드크림을 샀는데 1+1 행사를 하고 있어서 하나는 해강이에게 주었다.

"와! 딸기 향이다. 이거 바르고 다니면 내가 딸기 먹은 줄 알겠지."

해강이가 헤헤 웃으며 고맙다고 말했다.

우리는 화장품 가게를 나와 헤어졌다. 오후 4시 15분이었다. 집에 갈까 아님 혼자 좀 돌아다닐까 고민하는데 뒤통수에서 따가운 시선이 느껴졌다. 나는 자연스럽게 뒤를 돌아보았다. 설아와 미소가 휴대폰 매장 앞에 서 있었다. 아람이, 병희, 효정이랑 영화를 보고 헤어져 돌아오는 길인 듯했다.

설아와 미소 그리고 나는 잠시 서로를 쳐다보았다. 정확히 말하자면 미소는 나를 쩨려보고 있었다. 아마 은유와 시후, 해강이랑 화장품 가게를 나올 때부터 나를 지켜본 것 같았다. 미소는 설아와 무슨 말인가 하더니 횡단보도를 건너가 버렸다.

그러든 말든. 나는 고개를 돌렸다. 도로에는 버스들이 무심히 지나가고 있었다. 설아가 내게 다가왔다.

"다현이 너, 왜 영화관에 안 왔어?"

설아가 물었다. 추궁하는 말투였다.

"내 건 예매도 안 했잖아. 왜 마음에도 없는 말을 하고 그래?"

나도 싸늘하게 맞받아쳤다. 그랬더니 설아가 좀 놀라는 표정이었다.

"결국 그거였네. 노은유한테 줄 서고 싶어서 우리를 배신한 거지?"

설아가 말했다. 갑자기 피가 거꾸로 솟는 것 같았다. 적반하장도 유분수지. 내가 자기들을 배신했다고?

"저쪽으로 가서 얘기하자."

내가 말했다. 우리는 보건소 건물 뒤편으로 갔다. 이쪽은 인적도 없고 지나가는 자동차 소리도 잘 들리지 않는다.

"솔직히 말해 보자. 내가 배신한 거야? 나야말로 묻고 싶다. 대체 왜 갑자기 나를 따돌리는 건데? 설아 너, 내가 현우 좋아한다는 얘기 애들한테 왜 말했어?"

나는 다다다다 쏘아붙였다. 두뇌에 퓨즈가 나간 것 같았다.

"네가 먼저 노은유 편들었잖아. 은따로 빌빌거리는 거 불쌍해서 구제해 줬더니, 고마운 줄도 모르고 우리 배신 때렸잖아."

설아도 흥분해서 소리를 질렀다.

"그래, 그거구나. 나를 구제해 줬다고 생각한 거지? 영화관 왜 안 왔냐고? 콜라 셔틀이 필요했던 거야? 만만한 호구 한 명 빠지니 아쉬웠어?"

"와! 진짜, 이제야 본색 나오네. 네가 그러니 계속 은따인 거야. 여기 붙었다, 저기 붙었다. 노은유가 언제까지 너 따위랑 놀아 줄 거 같아? 너 같은 애 또 따나 당할 게 뻔해. 평생 그렇게 살아."

설아가 악을 썼다. 나도 마찬가지겠지만 설아도 평소 모습이 아니었다. 설아의 이 말이 들끓던 내 심장에 찬물을 끼얹었다. 갑자기 정신이 번쩍 들었다.

"여태까지 설아 넌 날 그렇게 생각한 거구나. 알았어. 그만두자. 나는 나를 무시하는 사람이랑 더 이상 말 섞기 싫어. 참고로 말하는데 나, 은유한테 줄 선 거 아니야. 나는 누구 줄에 설 생각 없어. 누구 패거리에 들어가고 싶지도 않아. 난 그냥 길고양이처럼 혼자 다닐 거야."

나는 냉소적으로 말했다.

"그래, 어디 한번 잘해 봐. 똑똑히 지켜볼 테니."

설아는 이 말을 남기고 홱 돌아서 가 버렸다.

나는 그 자리에 한참 서 있었다. 마음이 가라앉지 않았다. 그동안 쌓이고 쌓인 말들, 시작도 안 했는데 이렇게 끝나는구나 싶었다.

집에 돌아와서 다섯 손가락 단톡방을 나갔다.

엄마는 밤 아홉 시가 넘어서 돌아왔다. 엄마가 사 온 군만두를 먹으며 부여 얘기를 들었다. 낙화암과 유람선, 휴게소에서 먹은 감자, 지체와 정체로 고속도로에 갇혀 있었던 다이내믹한 하루가 거실에 차려졌다. 특히 신동엽문학관은 너무 좋아서 또 가고 싶다고 했다.

내 방에는 열 시쯤 들어왔다. 피곤한 하루였다. 잠을 청하려고 불을 끄고 침대에 누웠다. 그런데 나도 모르게 눈물이 터져 나왔다. 휴지로 닦아 내는데도 끝도 없이 흘러나왔다.

체리새우 껍질을 벗다

그날 이후 설아가 했던 말이 무한 반복되어 자꾸 생각났다. 가장 가슴 아팠던 말은 이거였다. 은따였던 나를 자기네 그룹에 끼워 줬더니 내가 배신을 한 거라고.

배신이라는 소리까지 들으니 별의별 생각이 다 났다. 효정이까지 새로운 다섯 손가락이 된 그 애들이 나에 대해 어떤 말들을 하고 있을지.

'그럴 줄 알았어. 원래 포스트잇보다 가벼운 애잖아. 여기 붙었다 저기 붙었다.'

'엉덩이가 가볍잖아, 팔랑팔랑.'

'근데, 다현이, 오리궁둥이 같지 않아?'

'꼴에 방송반 훈남 넘보는 것 좀 봐.'

이 대목에서는 단체로 까르르 웃겠지. 나는 그 애들이 남을 비방하는 방식을 너무나 잘 안다.

나는 뒷골목으로만 다녔다. 후문으로 다니니 말 많은 아이들을 만날 일이 없었다. 길을 돌아서 가니 시간은 두 배로 걸렸다. 한낮은 대체로 더웠다. 하얀 꽃잎 사이로 5월의 햇살이 쏟아지면 어디 멀리 날아가고 싶었다.

집에 있을 땐 그럭저럭 편했다. 폰 게임을 하고, 텔레비전을 보고, 노래 듣고, 책을 읽으면 잡생각이 덜 나니까.

그런데 학교에만 가면 정말이지 불편했다. 노려보는지 경멸하는지 파악이 안 되는 아람이의 눈빛. 다만 메시지만은 분명했다.

'너는 이제 끝이야!'

병희는 세상에 없는 사람처럼 나를 외면했다. 설아나 미소는 어쩌다 복도에서 마주쳐도 나를 모른 체하고 지나갔다. 이런 짧은 순간 뒤에는 폭탄을 맞은 것처럼 머리가 하애졌다. 선생님의 말도, 반 아이들의 말도 하나도 들리지 않았다. 지구는 나를 공격하는 방향으로 자전하는 것 같았다.

아침이 되면 배가 아팠다. 머리도 아팠다. 교실에 앉아 있으면 가슴이 답답했다. 나는 나침반도 없이 사막에 홀로 내던져진 것 같았다. 아니다. 그보다 더했다. 다섯 손가락뿐 아니라 다른 아이들까지 쑥덕쑥덕 내 험담을 하는 것 같은 생각이 자꾸 들었다.

간절히 생각했다. 엄청난 폭풍이 몰려와 우리 학교를 깔끔하게 날려 버리기를. 아니면 지진이라도 났으면. 그러면 학교가 복구될 때까지 휴교하겠지. 정말로 딱 1년만 단체로 학교에 안 가면 얼마나 좋을까. 그러다 다시 학교를 간다면, 그리하여 우리가 만난다면, 그때 우리는 어떻게 될까?

다행히 마을신문 모둠 아이들이 종종 말을 걸어왔다. 은유가 말했다.

"기사 쓸 때는 단문이 좋다더라. 난 그게 힘들어. 내 글은 쉼표가 너무 많아. 머릿속에서 생각이 들끓는데, 정리가 안 되어서 그런가 봐."

은유처럼 글 잘 쓰는 아이도 저런 고민을 하는구나. 어쨌든 대화 상대가 있어서 눈물 나게 고마웠다.

"너 주슨트가 뭔지 알아?"

점심시간에 해강이가 다가와 말했다.

"아니, 몰라. 뭔데?"

"동물 해설사를 주슨트라고 한대. 주일학교 선생님한테 들었어. 다현아! 나 주슨트 할까?"

해강이가 진지하게 물었다.

"그러게, 너 동물 좋아하니까 해설사 하면 좋을 거 같다."

"그런데 주슨트 말고도 또 되고 싶은 게 있어. 우리 교회 근처에 반려견 유치원 있거든. 직장에 다니는 사람들이 출근하면서 유치원에 강아지를 맡겼다가 퇴근할 때 데리고 가는데, 거기 선생님들 대박 멋져. 앞치마 이렇게 두르고, 표정도 밝고, 강아지들하고 완전 친해. 다현아! 나 반려견 돌보는 일 잘할 거 같지 않냐?"

"완전 잘할 거 같아!"

나는 엄지까지 척 들어 올리며 말했다. 진심이었다. 해강이는 콧구멍까지 벌렁거리며 좋아했다.

가만 생각하니 해강이는 자주 내 자리로 찾아왔다. 내가 아람이, 병희와 서먹해진 뒤부터였던 거 같다. 해강이가 오면 자연스레 시후도 왔다. 은유도.

"나의 죽음을 적에게 알리지 마라! 이 말 누가 했지? 맥아더 장군인가? 아닌가? 이순신 장군인가?"

해강이가 물었다. 그 말을 들으니 나도 헷갈렸다. 은유도 시후도 고개를 갸우뚱했다.

"우리 교회에서 시화전 하는데, 도화지 테두리를 그 가위로 오리면 좋은데, 뭐지? 너희들, 그 가위 알지? 뭐더라? 요렇게, 요렇게, 세모, 세모로 오리는 가위. 아! 뭐지?"

한번은 또 답답한 듯 이렇게 물었다. 우리 셋은 무슨 말인지 몰라 해강이 입만 쳐다보았다.

"아! 생각났다! 킹콩가위! 얘들아! 시화전 할 도화지 킹콩가위로 오려도 되겠지?"

"혹시 핑킹가위 말하는 거 아니야?"

은유가 말했다.

"대박! 맞아! 핑킹가위! 은유 천잰데!"

해강이가 은유를 쳐다보며 활짝 웃었다. 킹콩가위라니! 나는 마시던 우유를 뿜을 뻔했다. 해강이 덕분에 우리는 배를 잡고 낄낄 웃었다.

해강이가 옆에 있으면 우리는 다 같이 빙구 맹구 개그맨이 된 것 같았다. 그래서 좋았다. 힘들 때는 생각을 멈추고 그냥 웃는 것도 괜찮다.

완벽히 혼자가 된 저녁 시간. 챙겨야 할 단톡방이 사라지니 할 일이 없었다. 밤늦도록 게임을 했고, 블로그 음악을 들으며 잠들었다. 멍청하고 불안한 무중력의 밤. 이대로 가다가는 오징어포처럼 말라 버릴 터였다. 그리하여 체리새우 블로그에 글을 쓰기 시작했다.

5월 10일

제비꽃 안녕!

꽃 이름 알려 주는 앱에서 네 이름을 알게 되었어. 너의 보라색이 마음에 들어. 나는 골목 담벼락 장미 넝쿨 밑에 도도하게 피어 있는 너를 귀신같이 알아

봤지. 너를 좋아하게 될 것 같아. 너도 내가 반갑지?

체리새우도 좋아하고 너도 발견해 낸 걸 보면 나는 작고 여린 존재한테 확실히 끌리나 봐.

너도 내 이름을 불러 줘. 알았지? 우리 반 아이들이나 선생님들은 내가 누구인지 모르는 듯. 이름이야 알 테지. 하지만 나에게 관심이 없어. 학교에서 하루는 백만 년 같아. 나는 말이지, 먼지처럼 교실을 떠다녀.

그러니 제비꽃! 네가 내 이름을 불러 줘야 해. 내일 학교 가는 길에 나를 보면 인사해 줘.

김다현! 오늘도 좋은 하루! 이렇게.

5월 11일

레오폴트 모차르트의 곡을 연속해서 들었다.

〈농부의 결혼식〉, 〈썰매 타기〉, 〈장난감 교향곡〉.

〈썰매 타기〉를 자꾸 들으니 크리스마스가 벌써 기다려짐.

5월 13일

선생님 인터뷰까지 무사히 끝내고

마을신문 '안아주세요' 기사 완성. 초고임. 맞춤법 검색기 필수.

아자!! 아자!!

5월 14일

어떤 친구가 말했다. 우리 모두는 나무들처럼 혼자라고. 좋은 친구는 서로에게 햇살이 되어 주고 바람이 되어 주면 된다고. 독립된 나무로 잘 자라게 서로에게 도움이 되는 존재. 그게 친구라고.

이 말이 계속 생각난다.

ㄴ 댓글: 내 글에 내가 댓글 담. ㅋㅋ 친구는 동등한 관계여야 한다. 그런데 나는 자주 무시당했다. 지금 생각하니 내가 자초한 듯. 나는 친구를 잃을까 봐 늘 전전긍긍이었다. 선물 주는 버릇, 눈치 보기, 거절 못 하는 것. 스스로를 업신여기면 다른 사람들이 나를 존중하기 어렵다. 당당해지자!

5월 15일

마늘빵 초간단 레시피.

녹인 버터에 다진 마늘과 올리고당을 섞음.

식빵에 발라서 프라이팬에 구워 줌.

파슬리 가루 솔솔. 완성!!!

마늘빵 사진을 찍어 모둠 단톡방에 올렸다. 순식간에 반응 톡이 올라왔다.

오늘은 재량휴업일. 현재 나는 집에 혼자 있다. 그런데 나는 모둠 아이들과 실시간으로 소통 중이심.

그러고 보면 세상에 완벽한 혼자는 없다. 혼자라고 자기 연민에 빠질 것도 없고, 주눅 들 것도 없다! 고오럼!

5월 16일

고백을 못 하는 이유는 거절에 대한 두려움 때문이다. 이때 필요한 건 '아님 말고 정신'이다. 고백을 한 뒤, 차이면 이렇게 말하면 된다. '그래? 아님 말고!'

5월 18일

〈마이 네임 이즈 노바디〉란 영화를 결제해서 보았다. 우리 동네에서 찍은 독립영화다. 감동! 평점 별 다섯 개! 존재감도 없는 주인공이 평화롭게 사는 일상은 닮고 싶을 만큼 멋졌다.

나의 한 줄 평

존재감 없으면 어때? nobody면 어때? 그게 나야. 뭐 어쩌라고!

블로그에 글을 쓴 뒤에도 영화에 대한 감동은 다음 날까지 이어졌다. 우리 동네 골목을 뛰어가던 주인공도 자꾸만 떠올랐다. 많은 아이들에게 이 영화를 소개하고 싶었다. 하긴 마을신문에 은유의 리뷰가 실릴 테지. 그랬다가 밤이 되니 또 생각났다.

5월 19일

나는 'nobody'이기도 하지만 'somebody'가 될 수도 있다. 내가 왜 존중받지 못하고 살아야 하지? 싫다.

외로워도 할 수 없다. 괜찮다. 영혼의 빈자리를 온전히 나로 단단하게 채우면 된다. 그리고 차츰차츰 좋은 친구들이 생길 것이다. 아님 말고!

5월 19일 두 번째 글
친구들이 떠난 허전한 자리에 어느덧 나를 위한 문장들이 차곡차곡 쌓였다.

글을 쓰면서 조금씩 자신감이 생겼다. 더 이상 웅크리며 살고 싶지 않았다.
많이 고민하지도 않았다. 나는 어제의 내가 아니니까. 체리새우 블로그를 공개로 전환하기로 했다.
공개로 돌리기 전에 몇 가지 글을 정돈할 필요가 있었다. 먼저 블로그 이름을 '체리새우'로 정한 사연을 짧게 수정했다.

외갓집에서 체리새우를 처음 보았다. 수초 가득한 어항에서 나는 것처럼 헤엄치는 모습이 예뻤다.
맑은 물에서 사는 담수새우이고, 몸집이 자라면 주기적으로 탈피를 한다. 빈 껍질을 벗어 버리고 점프하는 모습이 무척 신비로웠다.

마지막에 체리새우처럼 자유롭게 탈피하고 싶다는 문장을 썼다 지웠다. 지금까지 비워 두었던 프로필 소개란에 짤막한 글도 적었다.

당장 나에게 필요한 것. '아님 말고' 정신! 그리고 '어쩌라고' 정신!

배경음악은 나나이모밴드의 〈그냥 웃어〉로 바꿨다. 이 노래는 나나이모밴드 공식 블로그에서 무료로 다운받을 수 있다. 팬이 되면서 나나이모의 뜻도 알게 되었다. 나나이모는 '여기 다 모여라'라는 북미 원주민의 말이라고 한다.

5월 20일

블로그 공개를 결심한 새벽.

오래전 텔레비전에 나온 영화평론가가 했던 말이 생각난다. 레지스탕스인지 독립운동인지를 하는 여자 혁명가가 청혼을 거절하며 이런 대답을 했다고 한다.

'나도 당신을 사랑해요. 하지만 나는 어디에도 소속되지 않아요. 다만 역사에 소속될 뿐이죠.'

멋지다. 나 역시 지금은 어디에도 소속되고 싶지 않은 상태여서.

어쨌든 나도 나무처럼 우뚝 서고 싶다. 바람이 불면 흔들릴 테지.

괜찮다. 그러면서 이파리는 더 파래지고 뿌리도 단단해질 테니.

가슴이 쿵쿵 뛰었다. 허접한 블로그라고 욕먹으면 어쩌지? 방
문했다가 에이, 진지충이네, 이러면 어쩌지? 어제까지의 내가 자
꾸만 튀어나오려고 했다. 나는 내 마음을 다독였다.

'그래, 나 진지충이다. 어쩌라고!'

낯선 거리에서

잠을 설쳤다. 알람 소리에 깨니 내 블로그 방명록에 은유와 시후가 글을 남겨 놓았다.

- 블로그 하는 줄 몰랐네. 멋지다. 이 좋은 걸 왜 이제야 공개하심? 〈마이 네임 이즈 노바디〉 리뷰 좋더라! 음, 그거 말고도 최신 글은 뭉클. 엄지 척! 공감! 공감! 자주 놀러 올게.

뭐야? 대체 몇 문장이나 쓴 거야? 코끝이 싸해지면서 눈물이 나려고 했다.
시후 글은 이랬다.

- 오오!! 단톡방에 소개 글 올렸기에 와 봤어. 잘 보고 간다. 참 참! 금요일 점심시간에 편집회의 하는 거 잊지 마.

블로그를 공개로 전환하자마자 내가 모둠 단톡방에 말하긴 했지만 그래도 이렇게 빨리 반응이 올지는 몰랐다.

아침은 김치찌개랑 계란프라이였다.

"김치찌개 잘 먹네. 아침에는 냄새난다고 안 먹더니."

엄마가 말했다.

"내가 그랬나? 에이, 맛만 좋은데."

경쾌한 목소리로 내가 말했다.

"원래 다른 국 끓이려고 했는데 냉장고에 재료가 없잖아. 남은 우동 육수라도 주려고 했는데, 잘 먹으니 다행이다."

"괜찮아, 괜찮아! 완전 맛있어."

내 말에 엄마가 씩 웃었다. 그러고 보니 내가 아침에 자주 까탈을 부리기는 했다. 머리카락에 냄새 밸까 봐 찌개 종류는 먹지도 않았고, 스타킹에 올이라도 나가면 갖은 신경질을 내곤 했다.

"엄마! 엄마는 평생 친구 언제 사귀었어? 자경이 아줌마 말이야. 그 아줌마 중학교 동창이야? 고등학교 동창이야?"

내 물음에 엄마는 눈을 동그랗게 떴다.

"평생 친구? 오랜만에 들어 보는 단어네. 자경이는 고등학교 동창이야. 그런데 요즘 애들도 평생 친구라는 말 쓰냐? 그런 건 무협소설에나 나오는 말 아니야? 뭐 순정만화에도 말랑말랑한

평생 친구 레퍼토리 꽤 있기는 하지. 그런데 나는 영원한 친구 이런 거 안 믿어."

"왜? 엄마도 자경이 아줌마랑 평생 친구잖아."

"고등학교 졸업하고 뜸하다가 몇 년 전 동창회에서 만났는걸. 자경이가 친구들에게 너무 잘하더라고. 그래서 몇 번 따로 만났지. 나중에 알고 봤더니 보험 영업하러 나온 거더라."

"그런데 엄마는 자경이 아줌마랑 왜 친해?"

"나도 사별했고, 자경이도 이혼했더라고. 처지가 비슷하니 가끔 통화하고, 톡 주고받고, 밥 먹고, 영화 보고 하는 거지 뭐. 사는 얘기, 아이 키우는 얘기도 하고. 친구가 그런 거야. 살다 보면 멀어지기도 하고, 예상치 못한 지점에서 만나기도 하고. 인간관계가 다 그래."

인간관계가 다 그렇다고? 좀 씁쓸한 얘기다.

학교에 가니 전과는 다른 공기가 느껴졌다.

"이제 왔냐. 다현아! 나, 네 블로그 글 다 읽었다."

해강이가 나를 보자마자 말했다.

"정말? 그걸 다?"

가방을 내려놓으며 대답했다. 해강이 말에 반 아이들의 시선이 나에게로 쏟아졌다. 아람이와 병희도 무슨 일인가 궁금해하는 눈빛으로 나를 쳐다보았다.

"아니, 다 읽은 건 아닌데, 좋더라! 특히 아님 말고! 그 말, 대박이야! 내 생각이랑 완전 똑같아."

해강이는 침까지 튀기며 떠벌렸다. 칭찬을 받으니 괜히 으쓱했다. '에이, 별거 아니야.'라고 대답할까 하다가 그냥 웃었다.

평소 해강이와 축구를 같이하는 아이들이 블로그? 뭔데, 뭔데? 하면서 호기심을 드러냈다. 슬쩍 쳐다보던 아람이와 병희는 이내 시선을 거두었다. 저 애들은 해강이가 한 말을 제대로 들었을까? 다섯 손가락 아이들은 내 블로그를 찾게 될까? 그래서 내가 쓴 글을 읽을까? 모르겠다. 그 애들이 내 블로그를 찾든 말든. 이제 나와는 상관없는 일들.

석가탄신일 오후에 엄마랑 버스를 타고 다른 동네 재래시장에 갔다. 우리는 꽃잎이 다 떨어진 초록 벚나무와 전봇대가 있는 동네에서 내렸다. 그물처럼 이어져 있는 전선 아래 중국어로 된 간판이 빼곡했다.

"장 볼 것도 아닌데 여기는 왜?"

내가 물었다.

"우리도 외식 한번 하자고."

엄마가 말했다.

오랜만의 가족 나들이였다. 공기도 맑고 날이 좋았다. 처음 가본 그곳은 신기했다. 월병, 초두부, 오징어꼬치구이를 파는 노점이 있었고, 이름을 알 수 없는 채소를 파는 가게들도 즐비했다. 시장에 독특한 향신료 냄새가 났다. 외국 여행을 온 듯 조금 설렜다. 우리는 중국만두, 양꼬치, 마라탕 식당들이 있는 거리로 접어들었다. 낯선 거리에 오니 고민이나 걱정거리가 하나도 생각나지 않았다.

"엄마! 세상에 나를 좋아하는 사람들만 살았으면 좋겠어. 불가능하다는 건 알지만."

테이블 위에 놓인 물을 마시며 내가 말했다. 우리는 탄탄면과 양고기볶음밥을 주문했다.

"그러게 말이다."

엄마도 물을 마시며 심드렁하게 대꾸했다.

"생각해 봤는데, 나를 싫어하는 애들은 내가 무슨 짓을 해도 싫어하더라고. 노력해도 그 애들의 마음은 돌릴 수 없어. 그래서 결심했어."

"무슨 결심?"

그사이 주문한 음식이 나왔다. 엄마는 탄탄면을 먹기 시작했다.

"나를 좋아하는 친구들에게만 신경 쓸 거야. 나를 좋아하는 친구가 한 명도 없으면 그냥, 내가 먼저 좋아할 거야."

엄마 앞에서 선언하고 나니 마음이 가벼워졌다.

"오, 우리 다현이 똑똑한데! 맞아. 누가 나를 싫어하면 혹시 내게 고칠 만한 단점은 없나 생각해 보고, 그게 아니라면, 그러니까 나의 존재 자체를 누가 싫어하는 거면, 신경 안 써도 될 거 같아."

"그런데 말이 쉽지 그게 잘 안 돼. 누가 나를 엄청 싫어하면 신경을 안 쓸 수가 없잖아."

내 말에 엄마는 젓가락질을 멈추었다.

"그렇지, 어려운 문제지. 하지만 자기 인생에 집중하면 그러거나 말거나, 신경도 안 쓰이더라. 욕이 내 배 속으로 뚫고 들어오는 것도 아니고. 마음껏 미워하라 그래. 어쩌라고!"

엄마 말에 내가 웃었다. 어쩌라고! 이 단어 때문에.

"다른 사람의 시선에 과도하게 에너지 낭비할 필요 없어. 남들이 뭐라 하건 너한테 집중해."

엄마가 말에 무게를 실어 또박또박 말할 때가 있다. 이 말이 그랬다. 그런데 집중, 이 단어가 마음에 들어왔다. 은유도 비슷한 말을 했는데.

엄마와의 대화는 좋았다. 그런데 마지막에 엄마가 기어이 초를 쳤다.

"근데, 학원 정말 안 다녀도 되겠어? 영어나 수학 하나만이라도."

또 이 소리. 엄마는 내 중간고사 성적을 보더니 본격적으로 욕심을 드러내기 시작했다. 1학년 때보다는 성적이 약간 올랐다. 정말로 약간. 그런데 나를 대단한 아이라고 여기는 엄마는 조금만 더 노력하면 내 성적이 상위권이 될 거라고 생각한다.

"아 진짜, 네버엔딩 학원 타령!"

내 말에 엄마는 그저 하하 웃고 말았다. 우리는 식당을 나와서 중국식 꽈배기도 사고 아이스크림도 먹으며 조금 더 돌아다녔다.

버스를 타고 우리 동네로 오니, 아파트 꼭대기에 석양이 걸려 있었다. 그런데 어쩐 일로 아파트 단지가 들썩였다.

야시장이었다. 어쩌다 열리는 아파트 야시장. 알록달록한 천막 아래 닭강정, 문어꼬치, 만두, 회오리감자 등을 파는 노점이 줄을 이었다. 사람들이 축제처럼 노점 사이를 걸어 다녔다. 엄마와 나는 솜사탕 기계 앞에서 걸음을 멈췄다.

"맛있겠다."

내가 말했더니 엄마가 솜사탕 하나를 사 주었다. 우리는 설렁설렁 걸었다. 야시장에는 온갖 게 다 있었다. 조잡하기는 하지만 무려 '슈퍼바이킹'도 있었고, 인형 뽑는 기계도 있었다.

야시장 끝에는 천막을 쳐 놓고 간이 테이블을 여러 개 놓은 야외식당이 있었다. 통돼지바비큐와 도토리묵, 파전 등을 팔았는데 손님들이 가득했다. 쿵짝쿵짝 음악도 흘러나왔다. 그때였다.

"쟤, 아람이 아니니?"

엄마가 말했다. 시선을 따라가 보니 술병과 음료수가 가득 든 아이스박스 옆 테이블에 아람이가 보였다. 아람이 옆에는 할머니 할아버지 대신 다른 어른이 앉아 있었다.

"아람이 부모님 오셨나 보다. 가서 인사할래?"

나는 아람이 부모님을 처음 보았다. 아람이는 엄마를 많이 닮은 거 같았다.

"싫어. 요즘 안 친해."

나는 이렇게 말하며 엄마 팔을 잡아끌었다. 우리는 쫓기는 사람처럼 총총 걸어서 아파트를 빠져나왔다.

"왜? 아람이랑 무슨 일 있었어?"

어느새 우리는 주택가로 접어들었다. 저기 불 켜진 가로등 앞에 토끼방앗간이 보였다.

"뭐 그렇게 됐어."

"싸웠어? 에이, 웬만하면 양보하지 서로."

"싫어. 더는 양보 못 해. 나는 무조건 아람이한테 잘해 줘야 하는 사람이야?"

나는 뾰로통하게 말했다.

"그건 아니고, 들어 보니 아람이가 외로움을 많이 탄다고 하던데…….”

“아람이가 외롭다고? 흴! 엄마는 아람이에 대해 하나도 몰라.”

“엄마가 아람이를 잘 모르기는 하지만, 그래도 가족이 떨어져 사는 건 좀 안됐잖아.”

“나는! 나는 아빠랑 영영 못 만나는데, 나는 안 외로울 거 같아?”

화가 나서 이렇게 말해 버렸다. 내 말에 엄마가 움찔했다. 말을 내뱉고 나니 엄마가 상처를 받았을지도 모른다는 생각이 들었다.

“그런데 아람이는 왜 부모님이랑 같이 안 살아?”

목소리를 누그러뜨리며 내가 물었다. 엄마한테 괜히 화를 낸 게 미안하기도 하고, 궁금하기도 했다.

“친구라면서 그것도 여태 몰랐어?”

엄마가 걸음을 멈추고 나를 쳐다보았다. 진심으로 놀란 목소리였다.

“응. 몰라. 아람이가 말 안 해 줬는데 어떻게 알겠어? 직장 때문에 그런 거야?”

“그런 거 아니야. 아람이 오빠 때문에 떨어져 사는 거야.”

엄마는 여기까지 말하더니 한숨을 푹 쉬었다. 아람이한테 오빠가 있다는 얘기는 얼핏 들은 것도 같다. 그런데 몇 살 차이인지, 어디 학교 다니는지 같은 구체적인 정보에 대해서는 하나도 아는 바가 없다.

"애고, 너한테 이런 얘기 해도 되는지 모르겠다. 아람이 오빠 많이 아파. 아람이 부모님, 아람이 오빠 데리고 있느라 지방에 있는 거야. 아람이 할머니 말로는 장기 입원을 한 적도 있다는데, 잘 안 낫는 거 같아. 아람이 초등학교 때, 걔 오빠가 아람이를 엄청 때렸대. 처음에는 타이르고 혼도 냈다던데 나중에 병 때문이라는 걸 알았대. 충동 조절이 안 되는 병이라는데, 약 먹으면 상태가 좋아지다가도 또 재발하고 그랬나 봐. 둘이 같이 뒀다가는 아람이 잡겠다 싶어서 지방으로 내려간 거야. 아람이, 집에 데려와서 밥 한번 먹이고 싶었는데, 가게 때문에 바빠서 신경도 못 썼네. 그래도 할머니가 손녀 끔찍이 챙기니까 뭐, 괜찮겠지."

엄마는 말끝을 흐렸다. 그리고 더 이상 말이 없었다. 집까지 가는 동안 엄마와 나 사이에는 바스락거리는 비닐봉지 소리, 발자국 소리만 났다.

나무들처럼

점심시간, 화장실에 다녀오는데 〈그냥 웃어〉가 흘러나왔다.

걷다 보면 발길에 차이는 너절한 기억. 캄캄한 동굴 우울 만렙. 가로등처럼 난 외로웠어. 코너를 돌면 아이스크림 가게 행복한 사람들 핑크 스마일. 가로등처럼 밝아지고 싶어. 너의 빛에 마르는 눈물. 넘어지면 아픈 게 당연해. 어제는 사라졌고 내일은 몰라. 오늘을 사는 우리. 그냥 웃어! 하하하! 세상의 주인공처럼 하하하!

복도에서 걸음을 멈췄다. 이 노래도 드디어 인기를 탄 건가? 나는 방송에 귀를 기울였다. 반가운 친구를 만난 느낌이었다.

"여기서 뭐 해?"

은유가 내 등을 가볍게 쳤다. 은유도 화장실에 다녀오는 모양이다.

"이 노래 어때? 완전 괜찮지?"

내가 말했다. 은유는 진지한 표정으로 노래에 귀를 기울였다.

"어? 들어 본 노래인데, 어디서 들었지?"

은유가 고개를 갸웃거렸다.

"나나이모밴드 노래야. 〈그냥 웃어〉. 작년 싱글 앨범에 있던 커플링곡인데, 나도 얼마 전에 알았어. 좋지?"

내 말을 듣기나 한 건지 은유는 대답이 없었다. 그러거나 말거나 나는 흐르는 음악을 계속 들었다. 봄비 같은 멜로디를 따라 내 영혼은 하늘을 날아다녔다. 골똘히 뭔가 생각하던 은유가 잠시 후 이렇게 소리 질렀다.

"아! 알겠어. 따단 따단, 세상의 주인공처럼, 하하하! 이 부분 들으니 알겠어. 이 노래, 체리새우 블로그 음악 목록 맨 위에 있던 거지?"

"맞아! 완전 맞아."

"네 블로그 재미있어. 특이하고."

"뭐가 특이해?"

"그냥 뭐, 취향이 독특한 것 같아."

"어떤 취향?"

"클래식이나 가곡 좋아하는 아이들 잘 없잖아. 특이하다기보다 내 취향이랑 비슷하다고나 할까."

은유는 이렇게 말하며 웃었다. 나도 웃었다. 그러다 우리의 눈이 마주쳤다. 순간, 은유가 움찔하는 게 보였다. 나는 은유에게 고개를 바짝 들이대며 말했다.

"아! 우리 단짝 친구 아니지? 단짝 친구는 내 스타일 아니거든."

"당연하지! 우리 단짝 친구 아니야. 그냥 친구야."

내 말에 은유가 키득키득 웃으며 말했다. 나도 같이 낄낄 웃었다.

수업이 끝난 후에는 더 놀랄 일이 벌어졌다. 터덜터덜 현관을 나서는데, 누군가 내 어깨를 탁 쳤다.

"일찍 가네."

현우였다.

"남이사."

나는 마음과 달리 괜히 뿌루퉁하게 말했다.

"남이사 아닌데, 정이사인데."

현우가 어설픈 농담을 하더니 씩 웃으며 나를 쳐다보았다. 하나도 웃기지도 않은데 저절로 웃음이 터졌다. 가슴이 뛰었다. 하늘은 맑고 바람 한 점 없었다. 반팔 교복인데도 조금 더웠다. 그때 내 입에서 왜 이런 말이 튀어나왔는지 모르겠다.

"너, 효정이 좋아하지?"

"누구?"

"효정이, 몰라? 4반 황효정 있잖아."

"아! 황효정! 알지. 근데 누가 그래? 걔가 그래?"

"아, 아니! 효정이가 말한 거 아니야. 그냥 효정이 좋아하는 애들 많으니까 던져 본 거야."

"효정이 인기 많지. 근데 나 안 좋아해, 지금은."

우리는 자연스레 함께 걷기 시작했다.

어느덧 신호등 앞이었다. 우리 둘 다 축지법을 썼나? 너무 빨리 왔다. 횡단보도를 건너면 현우는 상가 쪽으로, 나는 주택가로 헤어져서 가야 한다.

"참! 오늘 점심때 노래 어땠어? 〈그냥 웃어〉 말이야."

현우가 물었다. 그사이 신호가 초록불로 바뀌었다.

"네가 튼 거였구나. 완전 좋았어. 나 그 노래 엄청 좋아해."

들뜬 목소리로 내가 말했다. 우리는 횡단보도를 천천히 건넜다.

"그거 체리새우 블로그 보고 선곡한 거야."

"뭐라고?"

나는 걸음을 멈추고 현우를 보았다. 내 목소리가 너무 컸다.

"언제 내 블로그에 왔어? 몰랐어."

"시후 SNS 보다가 가 봤지. 체리새우 괜찮던데."

그사이 우리는 횡단보도를 다 건너왔다.

"네 블로그 음악 목록 좋더라고. 참고해도 되지?"

"당연하지!"

나는 큰 소리로 대답했다.

현우와 헤어져 어떻게 집까지 왔는지 모르겠다. 땅 위에 10센티미터쯤 붕붕 떠서 걷는 것 같았다.

집에 와서는 청소를 했다. 기분이 우주를 날아다녀서 잠시도 가만있을 수 없었다. 청소를 한 뒤에는 멸치 육수로 김치찌개도 끓였다. 나도 엄마를 닮아서 요리 좀 한다. 집에 와서 찌개가 한 솥 있는 걸 알면 엄마는 좋아서 기절하겠지. 상상만 해도 즐거웠다.

이런 일들을 하는 와중에도 〈그냥 웃어〉를 계속 흥얼거렸다. 현우가 내 블로그를 방문하고, 블로그에 올린 곡을 학교 방송에서 틀어 준 그 사실 때문에 고래처럼 하루 종일 춤추고 싶었다.

그뿐이 아니다. 현우는 이제 효정이를 좋아하지 않는다. 현우랑 사귀는 상상이 구름을 타고 하늘을 날아다녔다. 현우한테 고백을 할까? 현우는 좋다고 하겠지. 그럼 사귀는 건가? 히히. 아님 말고!

집안일을 다 끝낸 뒤 블로그 앱을 열었다.

그냥 웃어, 노래 가사처럼 넘어지면 아픈 게 당연하다. 생채기가 나고 피가 흐르겠지. 하지만 조만간 껍질이 생길 것이다. 새롭고 단단한 껍질. 나의 외피.

클릭! 글을 올리자마자 갑자기 아람이 생각이 났다. 아람이가 은유를 싫어했던 이유를 이제야 알 것 같았다. 나라도 싫었을 거다. 친해지고 싶은 친구한테 거절당하면 말이다. 뭐 그렇다고 아람이나 다섯 손가락 아이들이 잘했다는 건 아니다. 그냥 내 기분이 좋으니 마냥 관대해진 거다.

이동성 고기압의 영향으로 맑고 더운 한낮이었다. 그래도 그늘에 가면 시원했다. 우리는 등나무 아래 벤치에 앉았다. 오랜만에 열리는 편집회의다.

"다현이 원고 잘 읽었어. 사진도 좋았고. 그런데 마지막에 동아리 홈피 주소 링크 거는 건 어때? 캠페인이 끝나더라도 안경 기부는 계속할 수 있게 말이야."

"대박!"

시후 말에 해강이가 맞장구를 쳤다. 마을신문 발간이 얼마 남지 않았다. 우리 중 해강이만 여태 기사를 안 냈다.

"다른 친구 기사 감탄만 하지 말고, 해강이 넌 언제 쓸 거야? 취재는 다 했어?"

"다 했지. 걱정하지 마. 금방 쓸 거야."

또 같은 소리. 해강이는 언제나 큰소리만 뻥뻥 친다.

"근데 나, 마을신문에 자작시 하나 실어도 돼?"

해강이가 슬그머니 말했다.

"시?"

"헐! 시라고? 해강이 네가 시를 쓴 거야?"

우리 셋 다 놀라서 소리를 질렀다. 해강이는 고개를 끄덕이며 자기 휴대폰에 써 둔 시를 보여 주었다.

아래층 사는 말구, 갈색 털 말구,

말구는 이제 두 발로 걸어요.

주인집 할머니 외출 때마다

유모차 타고 나가죠.

말구야 달려라, 쌩쌩 달려라.

구름까지 달려라.

"나는 시 잘 모르는데, 좋다! 그런데 말구가 강아지 이름이야?"

은유가 물었다.

"어떻게 알았어? 그런데 강아지는 아니고 큰 개야."

"그냥, 갈색 털이라고 하니까."

"갈색 털 고양이도 있잖아. 하여간 은유는 대단해."

해강이 말에 은유가 씩 웃었다.

주인집 개가 교통사고를 당했다더니 결국 다리를 못 쓰게 되었구나. 뺑소니 운전자는 아직도 못 잡았다고 했다. 공원 주변이라 CCTV도 못 구했다고. 말구는 지금 재활 치료를 받으러 다닌다고 했다. 우리는 즉흥적으로 약속을 잡았다. 집에 가는 길에 먹을 거라도 사서 말구를 찾아가 보기로.

"와! 그런데 말이야, 은유도 그렇고 다현이도 글 잘 쓴다. 해강이는 시도 쓰고. 혹시 너희 나중에 뭐 될 거야? 장래희망 말이야."

얼추 할 이야기가 끝나자 시후가 물었다. 점심시간이 얼마 남지 않았다. 5교시는 체육이다. 나 빼고 은유, 시후, 해강이는 미리 체육복으로 갈아입었다.

"장래희망이 뭐냐고? 시후야! 나 뭐 할까? 나는 축구 선수도 되고 싶고, 반려견 유치원 교사도 되고 싶고, 시인도 되고 싶어. 엄마는 내가 잘생겼으니 배우 한번 해 보래. 영화배우! 얘들아! 나 나중에 뭐가 되면 좋겠어?"

해강이가 우리를 둘러보며 물었다. 딴 건 모르겠는데, 자기가 잘생겼다고 천연덕스럽게 말하니 웃음이 터질 것 같았다.

"내가 보기에 해강이 넌 축구를 잘하기는 하지만 프로로 뛸 정도는 아니야. 배우는 글쎄, 끼가 있어야 할 텐데, 뭐, 해강이 네가 되고 싶은 거 해. 축구 선수 빼고는 다 잘할 거 같아."

시후가 시원하게 말했다. 해강이는 씩 웃었다. 우리 중 누구도 '해강이 네가 잘생겼다고?' 하면서 비웃지 않았다.

그때 점심 음악방송에서 슈만의 〈트로이메라이〉가 흘러나왔다. 어? 마음속에서 축포가 터졌다. 내 블로그에 있는 곡이다. 혹시 현우가?

"너는?"

시후가 이번에는 나를 쳐다보았다. 놀림받을 각오를 하고 나는 이렇게 대답했다.

"기자! 기자 되고 싶어. 공부를 좀 더 잘해야겠지만."

"어? 나도! 뭐, 꼭 기자라기보다 글 쓰는 일 하고 싶어. 작가든 기자든 평론가든. 나는 언어가 좋아. 인간의 내면을 가장 잘 표현하는 거 같거든."

은유가 나를 쳐다보며 말했다. 그냥 자기 생각을 말한 것뿐인데, 나를 응원하는 것처럼 느껴졌다.

"오오! 이거야말로 완전 대박이다."

갑자기 시후가 소리를 질렀다.

"내가 말했지? 나 기자 될 거라고. 나는 진실을 파헤치는 기자 얘기 들으면 가슴이 뛰어. 야! 우리 셋 다 기자 돼서 나중에 같은 언론사에서 만나자."

시후가 들뜬 목소리로 말했다.

"그럼 나는!"

해강이가 시후를 쳐다보며 물었다.

"해강이 너는 하고 싶은 거 해. 유명한 배우나 시인이 되면 작품으로 널 자주 볼 수 있잖아. 반려견 유치원 교사 할 거면, 우리 반려견을 맡길게. 참! 너하고 나는 나중에도 무조건 같은 동네 살아야 해. 우리 조기축구회 같은 팀 해야지."

시후 말에 해강이가 흡족한 듯 웃었다. 나는 휴대폰으로 시간을 확인하고 벌떡 일어났다.

"체육복 갈아입어야겠다. 먼저 갈게."

"그래. 여기서 마무리하자. 참! 토요일에 우리 집에서 보는 거다. 해강이 기사 써 와."

은유가 말했다.

"알았어. 꼭 써 올게."

해강이는 또 해맑은 얼굴로 대답했다.

교실에 들어오니 그사이 곡은 바뀌어 엘가의 〈위풍당당 행진곡〉이 흘러나왔다. 나는 체육복 가방을 들고 옷을 갈아입기 위해 화장실로 향했다.

"그럼 어떡해! 보건실도 싫고, 누구한테 빌리는 것도 싫으면. 조퇴라도 할래?"

화장실 안에서 옷을 갈아입는데 낯익은 목소리가 들렸다. 병희다.

"아! 몰라. 몰라."

"그냥 체육만 빠질래? 내가 체육 선생님한테 말해 줄까?"

"싫어."

"그럼 어떡해?"

"진짜 미치겠다. 휴지 말아서 땜빵하는 건 안 되겠지?"

"체육하다가 새기라도 하면 개망신이지."

옷을 갈아입고 나오니 아람이와 병희는 여전히 거울 앞에 서 있었다. 나는 그 애들을 외면하고 화장실을 나왔다.

점심시간은 채 5분도 남지 않았다. 교실에는 창가에 여자아이 두 명밖에 없었다. 나는 가방을 열어 선크림을 꺼내 덧발랐다. 그리고 파우치 하나를 꺼냈다.

무심한 체 아람이 자리로 갔다. 아람이 책상 위에 생리대 파우치를 올려놓고는 후다닥 복도로 나왔다. 창가의 아이들이 봤으면 어쩌지? 아람이가 파우치에 든 게 생리대라는 걸 못 알아채면 어쩌지? 알더라도 일부러 티 나게 책상 위에 올려놓았다고 원망하면 어쩌지? 이런 생각들로 머리가 복잡했다.

쳇! 원망을 하든 말든. 나더러 어쩌라고! 필요 없으면 쓰레기 통에 버리겠지 뭐. 그래 놓고 조퇴를 하든 말든 나는 상관없다.

나는 운동화를 갈아 신고 운동장으로 뛰어갔다. 싱그러운 바람이 온몸으로 다가왔다. 늦봄인가. 초여름인가. 어쨌든 체육하기 좋은 날씨다.

ㅇ

인터넷 커뮤니티에 올라온 고민 글에 내가 단 댓글이 '베스트'
가 된 적이 몇 번 있다. 이 소설은 댓글을 다는 심정으로 시작되
었다.

소설을 쓰면서 마음의 지도를 그리고 싶다는 생각을 자주 한
다. 서로의 경계가 어딘지, 어느 지점이 초록불이고 빨간불인지,
각자 마음속 깊은 골짜기 쉼터는 어디인지. 불가능한 일인 줄 알
지만 내 소설이 타인에게 다가가는 내비게이션 역할을 하면 좋겠
다는 생각도 한다. 내가 수많은 문학작품을 통해 삶과 죽음, 관
계에 대한 지도를 어렴풋이 보았듯이, 내 소설도 누군가의 마음
골목에 작은 안내판이 될 날이 오겠지 하면서 오늘도 읽고 쓴다.

한 치 앞도 보이지 않는 캄캄한 시절이 있었다. 그때 살기 위해
책을 읽기 시작했다. 도봉도서관 문학 서가에 꽂혀 있던 책을 거

의 다 읽었던 거 같다. 소설을 읽기 시작하자 앞이 보이기 시작했
다. 상처를 견디는 법, 정체를 알 수 없는 욕망의 근원, 삶과 죽음
을 대면하는 지혜 같은 게 소설 속에 다 있었다.

본격적으로 쓰기 시작한 건 엄마가 돌아가신 후부터다. 엄마가
돌아가시고 나서야 내가 얼마나 불효녀인지 깨달았다. 엄마한테
잘못했다고 말하고 싶은데 방법이 없었다. 그때부터 매일 뭔가를
썼다. 엄마에 대한 미안함, 그리움을 담은 글을 쓰고, 어떤 날은
작품 리뷰도 쓰고 나중에는 소설을 썼다. 그러다 상까지 받으니
엄마가 나에게 답장을 해 준 것만 같다.

여기까지 오는 동안 고마운 사람들이 참 많다.
나를 글 쓰는 사람으로 인정하고 격려해 준 가족, 성격 이상한
나를 받아 준 친구들, 수상 소식을 듣고 멋진 사진과 긴 글을 보
내 주신 임철우 선생님께 감사드린다.
문학동네청소년문학상 심사위원, 그리고 체리새우 아이들을
사랑으로 응원해 주고 꼼꼼히 봐 준 편집부에는 그저 황송할 뿐
이다. 두고두고 좋은 작품으로 보답하겠다. 고맙고 또 고맙습니
다.

굿바이라는 말의 어원은 'God be with you'라고 한다.

이제 체리새우에 나오는 아이들이 내 곁을 떠난다. 꽃길만 걸을 수는 없겠지만, 미움받더라도 당당하게 잘 살아 내기를. 김다현, 굿바이!

2019년 1월
황영미

체리새우: 비밀글입니다

ⓒ 황영미 2019

1판 1쇄 2019년 1월 28일 | 1판 45쇄 2024년 9월 12일
지은이 황영미 | 책임편집 곽수빈 | 편집 엄희정 원선화 이복희 | 디자인 이지인
마케팅 정민호 서지화 한민아 이민경 안남영 왕지경 정경주 김수인 김혜원 김하연 김예진
브랜딩 함유지 함근아 박민재 김희숙 이송이 박다솔 조다현 정승민 배진성
저작권 박지영 형소진 최은진 오서영
제작 강신은 김동욱 이순호 | 제작처 영신사
펴낸곳 (주)문학동네 | 펴낸이 김소영
출판등록 1993년 10월 22일 제2003-000045호
주소 10881 경기도 파주시 회동길 210
전자우편 kids@munhak.com | 홈페이지 www.munhak.com
카페 cafe.naver.com/mhdn | 북클럽 bookclubmunhak.com
트위터 @kidsmunhak | 인스타그램 @kidsmunhak
대표전화 (031)955-8888 | 팩스 (031)955-8855
문의전화 (031)955-3576(마케팅) (02)3144-3242(편집)

ISBN 978-89-546-5475-3   03810